Sara Mesa

UN AMOR

一种爱

［西班牙］萨拉·梅萨　著

徐绮诗　译

作家出版社

1

夜幕降临，仿佛有千斤重担落在她的身上，她不得不坐下以求喘息。

外面的安静不像她所期盼的那样。事实上，那根本称不上安静。即便最近的一条公路是条地方道路，且远在三公里之外，仍能听见远远传来的模糊声响，好像是从公路传来的。还能听见蟋蟀的叫声、狗吠声、汽车鸣笛声和一个邻居赶牲畜回棚的呼喊声。

海边的房子更好，但价格也更高，在她的预算之外。

如果她能再坚持一阵，再多存一些钱呢？

她不愿再去想。她闭上双眼，慢慢地让自己陷进沙发里，半截身子悬在沙发外。这种姿势很不自然，如果她不尽快移动，很可能会抽筋。她意识到这一点，尽量躺平。

她昏昏欲睡。

她想放空头脑，可是万千思绪交织，向她袭来，在她脑中穿梭。她试图以与它们进入时相同的速度将它们排出，可它们却不断在她脑中堆积。而这种努力——试图清除脑海中思绪的努力——对她的大脑而言本身就是一种负担。

等她有了狗，事情就会容易许多。

等她收拾好东西，摆好桌子，打扫好房子周围的区域。等她给这万分干燥的地方洒上水，把这无人料理的房子清扫干净。等天气变得凉快。

等天气变得凉快，事情就会好起来的。

房东住在佩塔卡斯——一个离这里只有十五分钟车程的小镇。他迟到了两个小时。娜塔听见吉普车的引擎声时，正在清扫门廊。她抬起头，眯起双眼。男人把车停在门口——就在路中间，拖着步子走过来。天气很热。此时正值中午十二点，天气酷热干燥。

男人没有为迟到道歉，只是歪头微笑。他有着薄薄的唇和深凹的眼窝，破旧的工作服上溅有油污。娜塔猜不出他的年纪。他的衰老和年纪无关，而是和他疲惫的表情，还有他走路时摆动手臂和弯曲膝盖的方式有关。他在娜塔面前停下，把手放在臀后，环顾四周。

"那我们开始吧！你晚上过得怎么样？"

"还行吧，就是蚊子太多了。"

"斗柜的抽屉里有驱蚊器，用一个就可以赶走蚊子。你没看到吗？"

"看到了，但是没有驱蚊液了。"

"好吧，抱歉。"男人把手一摊，笑道，"这毕竟是在农村！"

娜塔没有对他回以微笑。一滴汗珠从她鬓角滑落，她用手背擦去，从这个动作中汲取了进攻的力量。

"卧室的窗户关不严，浴缸的水龙头漏水，更别提到处都这么脏乱了。这个房子比我印象中的要差很多。"

房东脸上的笑容突然凝固，然后一点点消散。在回话时，他的下颌紧绷。娜塔本能地感觉他是一个性情暴躁的人，这让她想要退缩。男人双手环胸，争辩说她之前已经完整地看过这个房子了，如果她没有注意到这些细节，那是她的问题，而非他的责任。他还提醒她，他已经降过两次价了。最后他说，他会负责所有必要的修理。娜塔觉得这不是一个好主意，但她没有再和他争论。她点点头，又擦了擦汗。

"天气好热。"

"这你也要怪在我头上吗？"

男人转身，叫了下在吉普车旁刨土的狗。

"你觉得它怎么样？"

这只狗自从到了这里就没有抬起过头。它像一只正在进行追踪的猎犬，紧张地嗅着地面。这是一只浅灰色的杂种狗，长腿长鼻，毛发粗糙，毛色不纯。

"你喜欢它吗？"

娜塔结结巴巴道："不好说。它是一条好狗吗？"

"当然了。就像你看到的，它没法赢得选美大赛，但你不在乎这个，对吧？你之前不是和我说你不在乎这个吗？它身上没有虫子，它也没有生病，年轻健康。它吃得也不是很多，你没必要担心。它喜欢到处翻找东西。它完全能自己照顾自己。"

"行吧。"娜塔说。

他们进了房子，检查合同，签名——娜塔签得很随意，房东则郑重得多，下笔有力。房东只带了一份复印件，他自己留起来了，但承诺会尽快把她的那份送过来。娜塔不太在意。这份合同根本就没有任何效力，甚至上面写的租金都和实付的金额不同。她没有再提起窗户和浴室水龙头的问题，房东也没有提起。

他动作夸张地伸出手，眯起眼睛看向她："好好适应吧。"

房东上车离开时，那只狗不为所动。它仍旧待在房子前，在干涸的土地上到处闻嗅。娜塔想招它过来，但无论是叫它还是朝它吹口哨，它都没有要靠近的意思。

　　房东甚至没有告诉娜塔这只狗的名字——如果它有的话。

　　如果要让娜塔解释她为什么来到这里，她很难拿出一个让人信服的理由来。所以每次别人问起这个问题，她总是避免直接回答，只是借口说她想换个环境。

　　"所有人都会觉得你疯了吧？"

　　杂货店的女孩一边嚼着口香糖，一边把娜塔买的东西堆在柜台上。这是方圆几公里内唯一一家杂货店。它没有招牌，食品和药品乱七八糟地堆在一起，东西卖得很贵，而且没有太多商品种类可供选择。不过娜塔还是不愿意开车去佩塔卡斯买东西。她在钱包里翻找，数出需要付的钱款。

　　女孩非常健谈，她毫无顾忌地问起娜塔的私生活，这让娜塔很不舒服。女孩说如果她能和娜塔做一样的事情就好了，然而事实相反。她还说自己打算去卡德纳斯，因为那里有无限的可能性。

　　"住在这里真是糟糕透了！这里甚至没有年轻人！"

女孩告诉娜塔，她之前在佩塔卡斯上中学，但后来辍学了。她不喜欢学习，各科成绩都很差。她现在在杂货店帮忙。她妈妈患有慢性头痛，爸爸务农，所以需要有人来打理杂货店。不过等她一满十八岁，她就会离开这里。她可以去卡德纳斯当收银员，也可以去做育儿保姆，她很会和孩子相处。她笑着补充，她和拉埃斯卡帕为数不多的几个孩子都相处得很好。

"这个地方真是太糟糕了。"她又重复道。

女孩向娜塔介绍这个地区的居民，有些人住在房子里，有些人住在农场里。一户吉卜赛人住在路口的一间破旧农舍里。每天早上都有一辆巴士接孩子们去上学，他们是仅剩的长期居住在本地的孩子。还有一对老夫妇住在一个黄色的小屋里。女孩坚称那位老妇人是个女巫，可以预测未来，窥探人心。

"她疯疯癫癫的。"女孩笑着说。

她还提及了住在木屋里的嬉皮士，一个明明不是德国人，却被大家称作"德国人"的男人，还有胖子酒吧——虽说她也觉得把一个瓶装酒仓库称为酒吧有些言过其实了。此外，有很多人会根据农历变换来来去去，比如那些只干半个月或者零散几天的短工。还有一些家庭继承了那些卖不出去的房子，但他们大半时间都住在外地。不过，她从没见过单身女性——特指娜塔这个年纪的单身女性。

"老太太不算。"

刚开始的那几天，娜塔总是混淆那些信息，一方面是因为她听的时候心不在焉，另一方面是因为她对这个地方还不熟悉。拉埃斯卡帕的边界很模糊，但是它有一个房屋密集的核心地区——就是她住的那片区域。在中心区之外，还有其他建筑零散分布，有些住了人，有些则空着。仅仅从外部看，娜塔无法分辨哪些是住宅，哪些是仓库，哪些房子有人住，哪些只是用来养牲畜。这一片都是土路，她总是找不着路。要不是附近有一个帐篷——对她而言，它比那个她租住并睡了一周的房子还眼熟——她早就迷路了。这一片的景色不好。但日落时分，当轮廓变得模糊、阳光变得金黄时，它似乎也呈现出某种美感。

娜塔拿起袋子，和女孩告别。但在离开之前，她转过身来，问女孩是否认识她的房东。女孩抿唇，缓慢地摇了摇头。她说，房东很久之前就搬去佩塔卡斯了，所以她不太了解他。

"我确实记得小时候在这附近碰到过他。他老是被一群狗围着，脾气很差。后来他结婚了，也可能是谈恋爱了，然后就离开了。我猜是他老婆不愿意住在拉埃斯卡帕，我能理解她。这地方对一个中年女性来说就更糟糕了。当然，佩塔卡斯也没好到哪里去。我就算疯了也不想住在那里。"

为了跟狗玩，娜塔从木柴堆里找出一个旧球。她把球丢给狗，可它却不接球，也没把球还回来，反而一瘸一拐地走开了。为了不吓到狗，娜塔在它的身边弯下腰来，和它保持在同一高度，但它却又夹着尾巴逃走了。娜塔有时候总得喊它，因为它冷漠的性格，她给它取名西索。西索不但难以驯服，而且难以捉摸。它在周围转悠，但存在感很低。她为什么非得忍受它？连杂货店里那条神经兮兮的吉娃娃杂种狗都比它称心。娜塔在街上见过很多狗，只要她一喊，它们就会向她跑来。当然，很多狗是为了食物，也有一些是想让她摸摸它们。它们好奇心旺盛，想认识一下她这位新来的邻居。然而，西索甚至对食物都不感兴趣。如果给它食物，那挺好；如果不给，那也无所谓。养西索确实很省心，这一点房东没有骗她。有时候，娜塔会因为自己对西索的反感而感到愧疚。是她说想要一只狗，房东才把西索送来的。现在她不能也不应该说她不想要西索了，她甚至都不应该有这种想法。

一天上午，娜塔在杂货店里碰到了嬉皮士——女孩是这么叫他的。女孩慢悠悠地抽着烟，不慌不忙地招待他们两人。嬉皮士比娜塔年纪稍长，但应该不会超过四十岁。他高大健壮，皮肤被太阳晒得黝黑，厚实的双手带有皲裂，目光坚定而温和。他的长发剪得参差不齐，胡须颜色偏红。娜塔推测，女孩之所以叫他嬉皮士，也许是因为他留着长发，也许是因为他和娜塔一样，都是从城市来的外地人。女孩从小在拉埃斯卡帕长大，一心只想逃离这个地方，自然难以理解嬉皮士和娜塔的选择。实际上，嬉皮士已经在这里住了很长时间了，对当地人而言，他不像新来的娜塔那样让人觉得新奇。娜塔侧身看他，他的动作干练、果断、高效。在排队的时候，他抚摸着身边那只栗色拉布拉多犬的脊背。尽管这只母狗已经老了，但无可否认的是，它依旧优雅。母狗摇着尾巴，把鼻子凑到嬉皮士的胯下。见状，三个人都笑了起来。

娜塔说："它看起来很好。"

嬉皮士点点头，朝她伸出手，但又突然改变主意，收回手，向娜塔靠近，在她一侧脸颊印上一个吻。娜塔侧过脸，等待他亲吻另一侧脸颊，但他却没有这么做。嬉皮士说他叫皮特。他特意强调，他的名字里有字母 i：pe-i-te-e-erre。至少他喜欢这么写——除了在一些必须使用真名的场合。他开玩笑说，最好少写自己的真名，除非是在银行签字，那些银行就像小偷。

"我叫娜塔利娅。"娜塔自我介绍道。

然后是惯常的询问：她在拉埃斯卡帕做什么？他曾经看见她在街上走，也看见过她在清扫房子周围的空地。她要住在那里吗？她一个人住吗？娜塔有些不安。她不想让别人看见她干活，尤其是在她没有注意到的情况下。然而，房子周边只有一些细铁丝网围着，没有任何植物遮挡，很难避免这种情况。她告诉皮特，她只会待几个月。

"我还看到了那条狗。它不是你带过来的，对吧？"

"你怎么知道的？"

皮特说他很清楚那条狗的情况。房东养了很多动物，它就是其中之一。事实上，它可能是最糟糕的一只。房东从各处捡来它们，但却不好好教育它们，不给它们接种疫苗，甚至连最基本的照顾都没有。他只是利用它们，然后抛弃它们。是不是她向房东要狗的？毫无疑问，房东给了她最没用的一条狗。

娜塔若有所思。皮特建议她把狗还回去。如果她不喜欢那条狗，大可不必勉强自己。他告诉她，房东不是什么好人，她最好和房东保持距离。他坚称自己不喜欢背后说人坏话，可房东这种惯爱坑蒙拐骗的人除外。

"如果你想要养狗，我可以帮你找一只。"

和皮特聊过以后，娜塔感到非常不安。她拿着一瓶温热的啤酒——冰箱的制冷功效也不太好——在家门口坐下，看向在栅栏旁晒着太阳睡觉的西索。苍蝇停在它微微肿胀的肚子上，那里依稀可见旧时的伤疤。

一想到要送它回去，娜塔就深感不安。

娜塔住在一间一层的平房里，窗户几乎贴着地面，有一个房间，里面摆放着两张九十厘米宽的床，但她只需要一张床。她想让房东搬走其中一张床，换一个书桌过来——一块木板加四条腿的简单款式就行。她想给房东打电话，却总是一再拖延。她迟早会见到房东的，届时她再跟他说——或是暗示他——就好了。在那之前，她还是没有书桌。目前，她只能先用着仅有的一张桌子。因为室内总是昏暗潮湿，即便在白天也是如此，她只能将桌子靠在窗边。厨房里只有一个炉灶和流理台，而且位于屋角，连简单冲杯咖啡都得开灯。室外则不同。太阳早早升起，阳光直射，即便在清晨，室外劳作也让她疲惫不堪。她试图在地里开沟，种些辣椒、番茄、胡萝卜等能长得又好又快的作物。她读过种植指南，甚至看过详细解释种植步骤的视频，但她没法把所学的东西付诸实践。她不能再那么腼腆，必须去向别人请教。也许她可以去找皮特问问。

下午，娜塔会坐下来翻译一两个小时，但她总是没法集中注意力。她想，也许她只是需要一个适应期，她目前不应该太过执着于此。为了提提神，她决定到附近走走。不管她怎么呼唤，西索都不愿意陪她。她只好戴上耳机听音乐，独自外出。每当有人靠近时，她就会加快步伐，甚至小跑几步。她宁愿假装在做运动，也不希望被别人注意到，这样她就不用自我介绍，也不用和人闲聊了。

在这片干旱的土地上，散布着橄榄树、栓皮槠和圣栎树。黏乎乎又不起眼的岩蔷薇是唯一一种点缀着这片土地的花。唯有厄尔格劳科的轮廓打破这片单调，那是一片长满灌木与矮树的丛林，仿佛是在光秃秃的天空上用炭笔画就的涂鸦。据说，在厄尔格劳科仍然有野猪和狐狸出没，不过上山的猎人捉不着它们，回来时腰间只挂着一串串鹧鸪和兔子。娜塔觉得这是一个不祥之地，但她很快打消这个念头。她为什么觉得它不祥？毫无疑问，格劳科是一个丑陋的名字，她推测这是因为它的颜色苍白暗淡。"格劳科"这个词让她想到患有结膜炎的眼睛，或者是老人呆滞蒙眬、布满血丝、没有光泽的眼睛。她意识到，"格劳科"这个词会让她联想到和它拼写相似的"青光眼"一词。巧合的是，在她翻译的那本书里，也出现过一个和"格劳科"拼写相同的词。那个词是用于描述主角的，他是一位令人生畏的父亲。文中说，在某次对自己的一个儿子下诅咒时——那是一种会让人极度痛苦的诅咒，他用一种"格劳科"般的目光盯住对方。起初，娜塔认为"格劳科"是指一种眼疾，但后来她意识到，它描述的只是一种空洞、冷漠、死寂、阴郁的眼神。那么，正确的释义到底是什么？"浅绿色的""蓝绿色的""病态的""含糊的"，还是"飘忽不定的"？选用的释义会影响到那一段其余的内容。如果不理解那句话的真正内核，而选择直译，无异于糊弄读者。

尽管娜塔走了那么多路，干了那么多体力活，她晚上还是睡不好。她不敢开窗，因为那里有很多蚊子，即使用遍了买来的驱蚊产品，她仍被叮得满身是包。除此之外，在最初的几天，房子里还进了蜘蛛、壁虎，她甚至在鞋子里发现一只蜈蚣，那着实把她吓得够呛。还有一天早上，她发现厨房里到处都是蚂蚁，因为她忘记把食物放回冰箱里了。白天，屋内屋外都有苍蝇扰人。她想知道到底有没有办法解决这些问题。还是正如房东所说，农村就是这样的吗？无论她怎么打扫，所有东西还是会变脏。她扫了又扫，可是灰尘无孔不入、到处堆积。她想，如果有一台风扇就好了，那样她就能关上窗户，开着风扇睡觉，一切就会好得多。因为那样她就能精神饱满地起床，会有更多精力去打扫、翻译、在菜园里干活——或者说，规划她的菜园。但她从未想过向房东要风扇。

娜塔决定去佩塔卡斯买一台风扇。她想，还能顺便买些工具。一把锄头、几个水桶、一把铲子、几把修枝剪、一个筛子，还有一些别的东西——前提是她能找到那些工具的确切名称。

她对那些工具完全不了解。

佩塔卡斯的混乱状况让娜塔很震惊。需要费好些时间才能找到停车位；街道布局杂乱无章，路标相互矛盾，导致人们在进入镇子以后，很容易从意想不到的岔路又离开镇子。房子都很简陋，外墙破败，鲜有装饰，但也有高达六层的砖砌楼房，它们随意地散布在小镇各处。商店集中在中央广场附近；政府位于一栋豪华的建筑内，有宽大的屋檐和彩色玻璃窗，周围都是小酒馆和中国百货店。娜塔在其中一个百货店买了台小风扇；随后，她还想找一家五金店，她选择自己边逛边找，而非找人问路。她注意到这里的女人们看起来很邋遢，她们头发散乱，趿着拖鞋；很多男人穿着背心，甚至老年人也不例外。这里没有几个孩子，就算有也是独自一人，无人照看，自己嗑着冰棍，在街上瞎跑，在地上打滚。这里的所有人——无论男女老少——都聒噪不已，毫无章法，看起来怪怪的。娜塔想，这就是在内部通婚的结果，她的房东很适合这种环境。

娜塔很担心会在这里遇到房东。但她没有碰到他，反而在五金店里遇到了皮特。她很高兴见到他：一个友善的熟人。他微笑着向她走近，询问她，你在这里做什么。娜塔向他展示风扇的包装盒。他皱起眉头，问她为什么不向房东要。房东有义务让房子保持宜居状态。就算她不能要求他安装空调，但至少可以要求他配备风扇。

"你也可以问我要。邻居之间本来就该互帮互助。"

娜塔试图解释。她说，自己买一台挺好的，等她离开拉埃斯卡帕时，还能把它带走。皮特斜睨她一眼，摆明了不相信她。

"那你来这里是要买什么？为了修理房东给你留下的那堆破烂，过来买工具吗？"

娜塔摇摇头："不是，我要买些菜园里用的东西。"

"你要自己种菜？"

"对，我想种些容易种的菜……我知道辣椒和茄子比较好种，至少我想试试看。"

皮特拉着她的胳膊靠近她。

"别买了。"他轻声道。

他说，他可以借给她所需要的工具。他还说，也许她应该放弃种菜的打算。她家那片地已经多年无人耕种，土地完全荒废，需要日复一日地花大工夫去平整，还得花很多钱去买肥料。如果她执着于此——娜塔因"执着"这个词而停顿下来——他可以帮她，但他绝对不建议她这样做。即使皮特说话轻声细语，但他的语气中充满自信，仿佛他是这方面的专家，他说的话不容置疑。娜塔点点头，等他买好他的东西——电线、适配器、螺丝和钳子。他说起工具名称时非常专业具体，完全不像她购物时含含糊糊的样子。

两人一起走在街上，皮特走在娜塔身边。他步伐矫健，身姿挺拔而舒展。他走路的姿态是如此优雅，和周围的人截然不同，让娜塔为能与他同行而感到骄傲，仿佛他们才是正统。然而，当皮特指着政府大楼的彩色玻璃窗时，这种魅力消失了。

"它们很美吧？都是我制作的。"

娜塔觉得那些窗户和那栋砖瓦建筑格格不入，但她没有说出来，反而赞美道，窗户装在那里非常合适。皮特赞赏地看向她。没错，他说，这正是他在制作窗户时所追求的——让它们与环境融为一体。

"虽然佩塔卡斯并非世界上最美的地方，但人们理应尽其所能，为美化周边环境作出贡献，不是吗？"

"所以你是……"娜塔不太清楚应该怎么称呼制作玻

璃门窗的人。

"玻璃工匠？对，不过不止于此。也可以说我是一个运用玻璃和色彩的匠人。我所做的不只是制作窗户那么简单。"

"当然。"娜塔笑道。

他们在广场上的一家酒馆里喝酒。啤酒是冰镇过的，娜塔非常喜欢。皮特凝视着她——她觉得他的眼神太过专注了——但他温柔的目光减轻了娜塔的不适。他们又聊到了房东、工具和那块难以耕种的土地。皮特再次指责房东厚颜无耻。他坚持说，自己会把娜塔所需的工具借给她，让她能够好好清理那块土地，好放上一张小桌子和一些躺椅，再种些夹竹桃和丝兰，或是能适应恶劣气候的多肉。佩塔卡斯附近有一个大型苗圃，卖的植物价格低廉，如果娜塔想去的话，他们可以找个时间一起去。她原先种植蔬菜的计划已经被彻底排除在外，娜塔也没有再提起。

接下来的几天里，娜塔一直在打理屋外那片区域。为了避开高温时段，她每天早早起床，但即便如此，仍然汗流浃背，这让她整天都觉得自己脏兮兮的。她彻底清理门廊，铲平并打磨木地板和凉棚的枕木，给它们重新上漆，修剪倒悬的枯枝，拔除杂草，收拾出一袋又一袋的垃圾，包括纸张、枯叶、铁制品、塑料、空罐子和大量断枝。最终，她清理出了一片还算开阔，但地面开裂的平地。她想，如果房子是她的，她会在那里种上一块草坪，或许还会种上皮特推荐的夹竹桃作为天然的围栏，挡住那些让她不舒服的目光。但这些都是空想，这个房子不是她的，她也不会白费力气。

一天早上，住在外围的吉卜赛女人找过来，探头问娜塔想不想要花盆。

她说："我有'超级多'。"

花盆卖得很便宜，娜塔买了一大堆。尽管它们都很旧，陶瓷花盆釉质剥落，陶土花盆长有霉菌，但她并不介意。她还买了两个非常漂亮的大罐子，它们被擦得干干净净。这些东西相当重，吉卜赛女人的丈夫帮她搬到家里。他们家有三个孩子，其中两个跟着一起来了。娜塔很喜欢这家人。他们总是充满活力、热情开朗，不像杂货店的女孩整天发牢骚。孩子们抚摸着西索，娜塔第一次看见西索摇着尾巴在原地打转，本能地想要玩耍。

在告别时，吉卜赛男人建议道："你现在去附近摘一些苗子过来，它们很快就能长成。你没必要去苗圃或者别的地方买。"

的确如此。附近的房子有很多是无人居住的，枝杈伸出围栏，即便丢失一些，也不会对屋主造成什么损失。娜塔从那里摘取了一些幼苗。不过，皮特知道这件事后却很不高兴：她何必这么做？他不是告诉过她，附近有一个苗圃，里面卖的植物都很便宜吗？他愿意送她一些幼芽，甚至可以送她一整盆植物。事实上，他的确给她送了一株苗壮的仙人掌，上面已经长出些紫色的小花。娜塔勉为其难地把它放在门口。这株仙人掌太招眼了，光是放在那里就会引起人们的注意。

娜塔的花园发生了明显的变化。幼苗长势喜人，几乎一天一个样。罗伯塔——住在黄色小屋里的老妇人——过来参观并热情地祝贺她。娜塔立刻被她吸引了。杂货店的女孩为什么说她是女巫？如果非说她有什么与众不同的地方，那就是她太美了。她年轻时一定很漂亮。从她鼻子和嘴巴的精致线条就可以看出这一点，但最吸引人的还是她漆黑、深邃、温暖的眼睛。她的白发细软，像是围绕在头上的柔软雾气。罗伯塔极力称赞娜塔所做的工作，还说自从她来到这里，一切都发生了很大的变化，而且都在向好的方向发展。

"总像一潭死水可不是好事。"罗伯塔说着，朝她挤了挤眼睛。

娜塔意识到，罗伯塔以为她已经买下了这个房子——

毕竟没有哪个头脑清醒的人会费心费力地打理一个租来的破房子。

就连一个疯癫的老太太都能够看穿这一点。

是因为炎热，孤独，缺乏自信，害怕失败吗？那些词语——它们是别人在她之前写下的，经过精挑细选，从所有可用的词语中被筛选出来，在摒弃了无数个组合之后，被以独特的方式排列起来——全都压在她的身上。要想翻译好它们——她确实想翻译好它们——就必须把所有选择都纳入考量。但是，这样的思考让她精疲力尽，头脑一片空白。当她带着这种想法来分解语言时，语言就失去了它的意义。每个词语都变成了她的敌人，翻译就像和质量更好的原文进行决斗。她翻译的速度之慢让她感到绝望。这是因为炎热，孤独，缺乏自信，心存恐惧吗？还是她应该承认，这仅仅是因为她的无能和愚笨？

她和西索相处的情况也不尽如人意。西索不愿意进屋，出入只随自己心意，不受任何规则约束。很明显，由于受过某种创伤，它不愿意待在封闭空间里。但娜塔不明白，他们已经相处了这么多天，为什么西索还是不信任她？她曾经看见西索和吉卜赛人的孩子们一起玩耍，她试图像他们一样，轻抚它的耳后和两侧，但西索显然很不自在，它摆出防御姿态，转头跑走。

近来，每到凌晨两三点，拉埃斯卡帕的狗就仿佛全都疯了似的，它们互相咆哮，狂吠和嚎叫组成一支传遍方圆几公里的协奏曲。娜塔不知道这些狗都是从哪里来的，它们充满敌意，攻击性十足。它们和娜塔白天看到的狗截然不同——那些狗要么睡觉，要么安静地嗅着街上的气味。如果它们是白天的那些狗，那为什么到了晚上它们就会变成这样，为什么原本温顺的狗会突然这么狂躁？如果西索也变得像它们一样，到处挑衅，结果遭了大罪，那该怎么办？因为担心西索逃跑，娜塔决定把它拴在木桩上。每当太阳升起，娜塔总觉得自己可能过分放大了恐惧，而且抓错了重点。但每当夜幕降临，她又开始害怕，这种情绪是如此真实，不容置疑。

她原本并没有打算把西索拴起来，可这是她能想到的唯一一个可以控制它的方法。以前，她看见被拴在地里的狗，会觉得太过残忍，狗的主人简直是在犯罪。可现在，她也做出了相同的事情，或许他们的出发点是一样的。她为自己开脱，承诺这只是临时措施，一旦她和西索建立起深厚的感情，她就不会再拴着它，它最终会到屋子里来，在她身边陪着她睡觉。

不过，皮特不相信西索会改变。每次他路过娜塔家和她打招呼时，他总是斜眼看向西索，说娜塔这么做不值得：他坚信西索是只恶犬。他坚持认为娜塔应该把西索还给房东，时间拖得越久，就越难把它还回去。她是不是永远不会把他的话当回事？娜塔觉得皮特和他温和的形象完全不符，甚至和他的绰号"嬉皮士"也不相称，他总是试图制造矛盾——至少他一直在挑拨她和房东的关系，试图把她推到房东的对立面。他一直提醒她关于风扇、房子破损，以及西索的问题。可娜塔认为，如果房东真的是个恶人的话，那她就更不能对西索要求太高。毕竟，西索曾经和房东一起生活，不知道遭受过多少苦难。皮特曾经亲口告诉她，房东对动物的态度是用完就扔。如果西索从小就跟着房东，那它很清楚人们会怎么对待它。

娜塔有可能改变现状，让事情往相反的方向发展。这个机会就掌握在她的手中，为此，她不愿轻易放弃。

一天早上，娜塔把西索塞进车里——她临时决定带西索去佩塔卡斯看兽医。但是事情并不像她想象的那么容易。西索不愿意上车，它转过身，用眼角余光警惕地看着她。最后，她用一块腌肉作为诱饵，乘其不备，一把将它推进车里。娜塔轻声安抚它，把它安置在后座的一块毯子上。西索立在那里，四肢僵硬，眼神惊慌，轻声地呜咽着，但却奇怪地一动不动。一路上，娜塔时刻通过后视镜观察着西索。她看见它张着嘴喘粗气，低着头，四肢僵直，背部的毛发竖起。尽管腌肉就在旁边，它却碰也没有碰过。西索满心恐惧，让娜塔非常心疼，但她更希望能早点解决这件事情。

兽医诊所在郊区的一个死胡同里，里面空荡荡的，没有等待的顾客，也没有候诊室。兽医显然是个外地人，他接待娜塔时很不耐烦，仿佛他刚才在处理一些更重要的事情，却被她打断。他一边戴上塑料手套，一边询问狗的名字。西索。娜塔尴尬地答道。看见兽医扬起眉毛，娜塔赶忙澄清，说这只是给狗取的昵称，半带玩笑半认真，之后她会给狗改名的。

"动物可不懂讽喻。"兽医说，"而且总是给它们改名字也不好。"

诊断结果很明确。西索感染了耳螨，有肠道蠕虫。它可能曾经被重物碾轧过，后腿骨折后恢复得不好，所以才会瘸腿。此外，它营养不良，而且没有植入芯片。兽医一边洗手，一边说，如果不是因为这些疾病，它这种正值壮年的狗状况会好得多。

"它的证件在哪里？它有没有按时接种疫苗？"

"我不清楚，别人把它给我的时候没有附带文件。"

兽医紧盯着她："你就不能去把这些事情弄清楚吗？"

"会的，我会去弄清楚的……"

这些乡下人，兽医叹了口气。没人能控制这些事情。乡下人粗鄙、顽固，很多时候他们的残忍甚至达到了野蛮的程度。几天前，有人带了一只被剥了皮的猎狗来找他，他无力回天。他说，她一定无法想象在佩塔卡斯这种地方工作有多困难，就像是在日复一日地用头撞墙。娜塔默默地听着兽医说话。她现在面临的问题是缺钱。给西索植入芯片、驱虫、购买优质狗粮的费用远超她的预算，而且恐怕还有疫苗的问题需要解决。但是，无论花费多少，超过预算多少，最麻烦、最费劲的事情还是向房东咨询这件事。

为了让西索习惯进屋，娜塔把它的饭盆放在厨房里。有时候，西索能在她身边躺上一会儿，不过时间不会太长，它也没法彻底放松。但是娜塔觉得这已经是很大的进步了：它就待在那里，触手可及。当她用手掌抚摸它的后背时，她能察觉到它隐藏在皮毛下的颤抖，断断续续的，但一直存在。一旦她在它毫无防备的情况下发出一点声响或者稍动一下，它就会惊慌失措，像一道闪电般飞快逃走，之后她又得重新获取它的信任。

那天上午就是这样。娜塔看见西索变得很紧张，猛然起身，小声哀嚎着跑出家门。过了几秒，娜塔才听见吉普车停车的声音，还有人踩在碎石上逐渐靠近的脚步声。是房东来了。他是来收房租的，他们之前说好用现金付款。他们真的说好了吗？娜塔气恼地想，事实上，她压根没有同意。房东说，如果想让他降价，她就必须用现金付房租。房东命令道，不能转账也不能汇款，反正她怎样都无所谓，不是吗？就这样，为了避免争吵，她还是让他过来了。房东砰地敲了一下门，没等娜塔请他进来或者起身去迎接，就自己走了进来。他勾起唇角，带着嘲弄的笑容环顾四周，打量着娜塔对房子做的改造。娜塔想，这样一个微不足道的瘦弱男人，却有着短短几秒就把房子弄脏的能力。她取出租金，用信封装着交给房东。

"你下次来之前最好通知我一下。"娜塔对房东说，"你这么贸然过来，我可能不在家。"

"嗤，没事。要是你不在，我就第二天再来。"

他还给她带来了账单。电费和燃气费是每月一付的，水费则是每季度一付。她只在这里住了一个月，水费不该都归她付。房东解释说，之前没人住在这里，所以水费都是她该付的。那金额高得离谱，娜塔拿到账单时手都在抖。

"我早和你说过，浴缸的水龙头会漏水。我绝对没用这么多水。"

"你这是什么意思？难道还想让我付水费？"

"我只是告诉你，我没用那么多水。问题在于坏掉的水龙头。"

"姑娘，水龙头没有任何错处。你才是住在这里的人，不是吗？你早就应该把它修好的。"

早就应该——娜塔知道，他说得有点道理。但是她第一天就告诉过他水龙头坏了，而他却什么都没做，或者说，他提出的方案——他自己来修——没法说服她。她也可以找别人帮忙，比如皮特，虽然他可能又会骂她逆来顺受。或者她可以像所有碰到这种情况的人那样，去请个水管工。可她选择了视而不见。她已经习惯了水龙头持续滴水的声音。她把精力放在别的事情上，换来了手上这张账单。

好吧，她说。如果他同意的话，她下个月付钱的时候一并付清水费。房东小声地骂骂咧咧，只让步那么一点儿他都觉得不满意。他没再说什么，气冲冲地离开了。

房东刚走不久，娜塔就想起她忘记问他西索是否接种过疫苗，也忘记让他把床搬走了。但她立即又想，无所谓，这些都不重要。一想到和房东的会面时间可能会延长，她就无法平静，因此她更愿意闭嘴不提。她会尽量处理好这些事情的。

佩塔卡斯的一名水管工答应第二天到拉埃斯卡帕上门修理。那天早上，当娜塔还在床上伸着懒腰时，突然听见浴室里传来声响。一开始，她以为是西索挣脱了绳子，进屋来找她。可她很快意识到，那声响不是动物发出的，而是人类发出的：脚步声，放下袋子的声音，轻声清嗓子的声音，以及在瓷砖地板上行走的脚步声。娜塔的心怦怦直跳，她急忙穿好衣服。她大喊着问是谁在那里，惊恐地从浴室门边探出身子查看。当看见房东在里面时，她再次尖叫起来。她一开始觉得害怕，随后是愤怒，最后又被恐惧笼罩。你在这里干什么？娜塔处在崩溃的边缘，一声又一声地尖叫起来。

房东微笑着让她安静下来："姑娘，冷静点，是我。不至于这样吧。"

他说，他是来修水龙头的。她不是说得把它修好吗？他刚来的时候没听到任何声音，就以为她要么不在家，要么还在睡觉。

"可你不能没告诉我一声就闯进来！你甚至不应该留这里的钥匙！谁告诉你你可以任意出入的？"

房东又笑起来："姑娘，少和我扯什么法律。我都说过了，我以为你不在家。"

他解释说，他很早就出门了，之后还要在拉埃斯卡帕办别的事情，所以只能利用上午的时间来修水龙头。他还说修理这个水龙头只需要花几分钟，只不过是小修小补，任何人——不对，任何男人都能修，因为娜塔明显对此束手无策。娜塔尖叫不止。她坚称他不能这样未经允许就进来，这种事情下不为例，因为紧张，她说话时连声音都变了。房东抿起嘴唇，目光变得冷厉。

"你在想什么？觉得我会强奸你？"

房东轻蔑地打量她一番，然后转身面向浴缸，蹲下身子，一边摆弄工具，一边低声咒骂。虽然他的声音很低，但娜塔听得一清二楚。他说他真是受够了女人，你给她们越多，她们就越把你当坏人。女人都是疯子、怪胎。他继续修理水龙头，嘴上抱怨个不停。娜塔站在浴室门口，吓得呆若木鸡。之后，她走到门廊等着他修好，依旧害怕得浑身发抖。

"搞定了。"过了一会儿，房东说道，"看到了吗？你大可不必这么紧张。"

他没和她告别就离开了。

娜塔仍然坐在门廊的地板上。她试图稳定心神，克制住报警或打电话给皮特或其他人的冲动。她一直抱膝坐着，直到逐渐从战栗中平静下来。然而，她忘记通知水管工不用过来了。几个小时后，他如约而至，尽管什么都没有修理，但还是收取了路费。

他解释说："为了来这里，我还推掉了另一个客户的订单。到这儿来可真难。"

娜塔没什么可争辩的，因为他说的是事实。确实很困难。

娜塔告诉兽医，西索没有接种过疫苗。她宁愿撒谎，冒着让西索接种两次疫苗的风险，也不愿意和房东多说一句话。因此，她打开钱包付款，希望能尽快结束这一切。然而，事情远比她预想的更加漫长，也更加残忍。针筒刚一靠近，西索就突然猛烈地挣扎起来，出乎了他们的意料。在他们给它戴口套的时候，娜塔不得不按住它，她被它龇牙咧嘴的样子吓了一大跳。她很担心今天的事情会导致她和西索的关系有所倒退。也许西索永远不会忘记她的背叛，不会忘记她和人合伙伤害了它。

娜塔买了背带、牵引绳、塑料咀嚼骨、训练口哨。要把西索变成她所需要的可爱温和的狗会很困难，但她不会轻易放弃。事实上，她正在向这个方向努力。只要看到一点儿进步——哪怕过程再艰难，进步再微小——也能让她获得一种隐秘的成就感，就好像西索的进步间接代表着她自己的进步。

　　然而，在娜塔第一次给西索拴上绳子，带它出门散步的那个下午，她就被弄得筋疲力尽。西索不停地拽着绳子，气喘吁吁，仿佛快要窒息。再后来，它在半道上坐下，不愿意再走。不过才走了几米远，娜塔就拉着它往回走。她远远地看见皮特站在她家门口，手里正抬着一个箱子。看见她走过来，他把东西放下，叉着腰看向她。

　　"你是我见过的最固执的人。你这是在愚蠢地白费力气。你怎么会想到把它拴起来呢？这里的狗从来都不会被拴起来。"

　　"我只是在想好好训练它，这是兽医给我的建议。万一我要带它去别的地方呢？"

　　"你要带它去哪里？这畜生到哪儿都会给你惹麻烦的。"

　　皮特给她带了一些刚从德国人那里买来的蔬菜。他解释说，他买得太多了，自己一个人吃不完，德国人太精明了，总是大批量出售，这样他的蔬菜就不会变质。这些蔬菜包括萝卜、西葫芦、黄瓜、西红柿和一些娜塔无法辨认的球茎。娜塔还在因为皮特的话而感到受伤，她问道，德国人？在她的记忆中，那个男人个子不高，留着小胡子，戴着眼镜，毫无优雅可言，他的皮肤黝黑，深不可测。她和这个人有过几次交集，但他只是咕哝着地打声招呼，几乎从来没有看过她的眼睛。

"好吧,非常感谢你。"娜塔淡淡地说道,"不过,这么多菜,我不知道怎么处理它们。"

杂烩,奶油汤,又或者蔬菜千层饼?皮特回答说,有上千种食谱能用到这些食材。与其把时间浪费在狗身上,她不如给他们俩做顿饭。他也可以试试做饭,他负责做主菜。他们可以在他家共进晚餐,然后他带她参观他的工作室。她觉得约在明天怎么样?

娜塔答应了。皮特曾经多次邀请她到家里做客,但她总是找借口婉拒。但这次不同。这次的邀请内容丰富全面:共进晚餐,同饮美酒,谈天说地,以及其中暗含的一切。娜塔已经不是小孩子了,她很清楚皮特的邀约意味着什么。虽然她内心深处还有一些抗拒——细微,却持续的抗拒——但她必须克服。自从房东闯进她家后,她睡觉时总是高度紧张,仿佛能听见钥匙插入锁孔的声音、开门声,还有靠近的脚步声。她不想和皮特提这件事,因为她很清楚皮特会说什么:她应该马上报警。他会不依不饶地批评她过于被动、粗心大意。因此,她宁愿什么都不说,把一切深埋心底。可是,孤独没有那么简单,有朋友是件好事,否则她恐怕会疯掉。她不知道自己是在寻求友谊还是庇护,如果邀请她的是女性朋友,她是否会同样感到解脱——或者不安。女性朋友无疑也有其作用，但却无法减轻她的无助感。她想，毕竟皮特表明愿意保护她。她只需要让他保护她，而不会要求他做任何他先前没打算做的事情。

皮特家在拉埃斯卡帕西侧，从娜塔家过去大约需要十分钟。那是一栋很漂亮的木制建筑，有双坡式屋顶、大窗户和花架。屋子里面凉快宜人，虽然物品繁多，但每一件都各得其所，各自有着其明确的功能和意义。当娜塔穿过玄关时，皮特的狗走过来嗅她手里端着的托盘。

娜塔告诉他："这是西葫芦酿肉。"

皮特哈哈大笑，拉着她的胳膊，把她带到厨房。台面上摆着另一个类似的托盘，里面装有一模一样的菜。他们笑了起来。那只狗摇着尾巴挤进他们中间，想让他们抚摸它。音乐响起，是《我有趣的情人》，可能是查特·贝克的版本，但娜塔没有问——她从来不问这种问题。皮特给她倒了一杯酒，带她到地下室去参观他的工作室。这里的所有东西也被摆放得整整齐齐，甚至可以直接展出：模板和设计图纸，按颜色分类放在篮子和盒子里的玻璃片，挂在墙上的工具，一张放着彩色玻璃窗半成品的大桌子，天花板上挂着的焊接工具。其实娜塔更想独自探索，但她还是礼貌地听着皮特的讲解，他正在给她逐步解释彩色玻璃窗的制作过程。他表示，无论房屋多么简陋，一扇简单的彩色玻璃窗都能为它增添美感。当然，如果有人委托他为政治、宗教等机构的建筑打造更为庄严的玻璃窗，他也会坦然应战，但他更喜欢为普通民众服务，制作小规模的玻璃窗。娜塔走近去看放在桌子上的玻璃窗。羔羊和鸽子围绕着一棵枝繁叶茂的树翩翩起舞。树叶的绿色深浅不一，给人一种无序混乱的印象。娜塔不确定自己是否喜欢这样的图案。仔细看来，它的构图似乎没什么创意，相当粗糙。

"这个系列的创作灵感来自夏加尔。他为耶路撒冷的哈达萨大学设计的彩色玻璃窗给了我启发。我想你应该对此有所了解，它们非常有名……"

娜塔其实并不清楚，但她点点头，佯装自己理解，然后她转向墙壁，那里靠着这个系列的其他玻璃窗。它们都已经完工，随时可以进行安装。皮特解释说，这个系列是为一家图书馆定制的，所以他在上面刻下了巴勃罗·聂鲁达、马里奥·贝内德蒂和维斯瓦娃·辛波丝卡的诗句。

娜塔慢慢读完那些诗句，问道："你靠制作玻璃窗为生吗？"

话一出口，她就后悔了。她最讨厌别人问这种刁钻的问题。但皮特似乎并不介意；相反，他开心而自豪地回答："当然。"

他说自己制作玻璃窗的材料大多是回收的，花费很少。事实上，他在垃圾里能找到最有价值的玻璃。他倡导简朴的生活方式。他的座右铭是：不丢弃任何东西，充分利用所有东西，尊重地球，最低限度地消耗，最高限度地利用。

他接着说："我觉得在这方面我们非常相似。"娜塔听了，立马觉得焦躁不安。

晚餐期间，她的疑虑逐渐消减。或许是因为酒精的作用，也可能是因为皮特的友善，他表现得平易近人，甚至风趣幽默，让她久违地开怀大笑。然而，当他们收拾桌子，皮特又打开另一瓶酒时，她用余光看着他，再次在他身上发现了她不喜欢的地方，开始打退堂鼓。这并不是因为他的外表。事实上，他的身材健硕迷人，无疑具有强烈的性吸引力。另一方面，他不遗余力地向她献媚也是不争的事实。他是一个充满魅力的好邻居，对她从事的书籍、音乐和电影领域中有趣的部分了如指掌。所以是为什么呢？娜塔想知道他为什么独居，从没提到过女人，并不由得猜想他会不会是同性恋。然后，她微笑着接过皮特递过来的酒杯，强迫自己放下成见。

他们到花园里去看星星。夜空晴朗，浩渺而纯净的银河在黑夜中分外醒目。草尖在月光下闪烁微光，随风摇曳。狗坐在一旁流着口水，虽然年事已高，但却依旧美丽动人、威风凛凛。两人一狗默默地凝望天空。多美啊！娜塔喃喃道。同时，她迷迷糊糊地想到：月经。到时候，她可以告诉他她来月经了。

皮特转身面向娜塔，他打量着她，脸上带着一种不同于以往的微笑。

"我可以问你一个问题吗？"

"当然。"

"你为什么来拉埃斯卡帕？"

娜塔很困惑。她之前不是回答过这个问题吗？为什么所有人都觉得背后还隐藏着别的原因呢？她没有回答，只是把杯中的酒一饮而尽。皮特向她道歉，说他无意多管闲事，如果她不想说，那就不说；但如果她愿意分享，那他也很乐意倾听她的故事。

"我辞职了。"娜塔最后说道，"我受不了那份工作了。"

"你之前是做什么的？"

娜塔退缩了。她不想细说。就是坐办公室的，她说道。做些商业翻译，和外国客户通信之类的工作。工资不低，但和她的兴趣相去甚远。

皮特点燃一支烟，刚吸一口就眯起眼睛："你很勇敢。"

"为什么这么说？"

"最近没人敢轻易辞职。"

他的奉承让娜塔觉得反感。如果是别人的奉承，她会欣然接受，可是这话从皮特口中说出来，却让她产生了逆反心理。这样的赞美从他口中说出来就像是毒药。她想，也许是酒精模糊了她的感知，让她这样曲解他的意思。不，她并不勇敢，娜塔反驳道。她根本不是自愿辞职的，他想知道真正的故事吗？皮特转向她。他当然想知道。

她偷了东西，并非出于需要，而是一时冲动。她一直都没明白自己偷窃的动机。她偷东西并非出于对社会的不满，更不是因为贪婪。东西放在那里，她就直接拿走了。那东西是公司一个合伙人的，更准确地说，是他妻子的，有一次，她到公司去，不慎遗落了那件贵重物品。后来就很难归还了。即便她想——她确实想——也已经无法让一切恢复到原来的状态了。她可以把东西还回去，但一定会受到惩罚。因此，她选择保持沉默。最后，她被抓住了。他们把她叫到一边，态度十分谨慎。她一直以来都是一个称职、负责任的好员工，所以他们只是询问她偷窃的理由，可她却答不上来。好吧，他们说，有时候，人们会神使鬼差地做出一些事情，对吧？这样的善意让她心生疑虑。她无法相信一个简单的警告就足以了结这件事。也许有人从中斡旋，他们才原谅了她。之后那个人会告诉她，她欠对方一个人情。她得到的宽恕是有条件的，而她不确定自己是否愿意付出这个代价。从那一刻起，所有人都知道了她有秘密需要保守，都高高在上地瞧不起她，她不想待在那样的地方。她之所以还能继续在那里工作，也是因为她上司的慷慨和同情，是他们根据不成文的新规给了她机会。

皮特聚精会神地听她讲述，边听边连连点头。但当娜塔说完以后，他只是重复了之前的赞扬：她很勇敢，不管怎么说，她都勇敢地打破了一切。若是换作他人，肯定会低头。她无须为此感到愧疚。有时候，错误反而能促使人们作出正确的决定，指引人们改变方向，甚至带来启示。她现在来到这里，开启新的生活，这不正是明智的决定吗？

他们举杯畅饮，然而一片污浊的阴影在空气中弥漫，笼罩在他们头顶。想到新生活，娜塔不禁感到羞愧。她所言非虚，可由于她讲述的方式——遣词造句，语调变换，停顿和迂回——这个真实的故事被覆上一层虚假的光环，让她心生厌恶。她想，她竟然需要为自己辩解，真可悲。

见她情绪低落，皮特善解人意地转移话题，问起她目前的翻译工作。娜塔解释说，这是她接到的第一个任务——第一个文学翻译的任务，她之前从来没有做过类似的工作。实际上，这可以被看成一场试炼。给她提供这份工作的出版社相信她的能力，但不可否认的是，这对她来说是一次质的飞跃。商业翻译纯粹是形式上的，而她在做的文学翻译则直指语言的本质与核心。

比起探讨理论，皮特对这本书本身更感兴趣。他问，这本书的内容是什么？是小说还是散文？娜塔表示这很难解释，这本书没有展开的情节，内容无法用一两句话概括。它由一些短篇戏剧作品组成，这些作品几乎可以说是故事大纲，充满了哲学意味。作者不是用自己的母语写的，而是使用了她流亡所在国家的语言，因此，书中语言非常基础，甚至平白单调。刚开始，娜塔觉得这对翻译很有帮助，但现在她意识到事实恰恰相反，这成了一个难题。她必须弄清楚那些出乎意料或含糊不清的措辞，到底是作者因为不熟悉语言而犯的错误，还是作者经过深思熟虑后想要达成的效果。她无法确定。

"你不能问问作者吗？"

娜塔不太高兴地摇了摇头。那个女人去世了，也许这样更好，这样作者就不会因为看到自己的书被她翻译得乱七八糟而感到不快。

皮特微笑着，再次望向天空。他说翻译是个美好的职业。他又补充道，它有趣、实用，而且必不可少。他把酒杯放到一边，用餐巾纸给狗擦口水，狗温顺地任由他擦拭。在这种平静的氛围以及皮特的态度中，娜塔察觉到了一种伟大的温柔，但那是一种人为的、虚假的温柔。西索永远不会允许别人像这样给它擦洗。也许皮特这么做，就是为了彰显出这种差异。他给狗擦完嘴后，又为娜塔斟满了酒。娜塔迷蒙地想：他要把我灌醉。远处浮现一个词——"这"——然后是一个完整的句子："这就是伪装的开始。"

为什么皮特不聊自己的事，而是一直在询问她的故事，试图套她的话？他哪来的权力对她指手画脚？她说自己该走了，但起身后，她突然感到头晕目眩。她跟跟跄跄地走到洗手间，假装没有看见皮特陪在身边。她在里面待了好一会儿，直到醉意稍稍消退。

当皮特提出送她回家时已经很晚了。他把她送到家门口，问她还好吗。娜塔点点头，并向他表示感谢。皮特轻抚她的脸颊，祝她晚安——好好休息，他说道——这就是全部了。娜塔很惊讶，甚至有点失望。他不是要吻她吗？他不打算吻她吗？他不是想和她上床？这难道不是可以预见的一个男人会做的事吗？那他为什么和她聊山姆·库克和迈尔斯·戴维斯，灌她那么多酒，和她一起仰望银河？她已经准备好了拒绝的理由，但难道她其实是希望能发生点什么的吗？不，绝对不是。但她所期望的也绝非如此——进门时被绊倒，走路时步伐笨拙，在封闭的房屋里，头脑眩晕，感受无尽的孤独。娜塔艰难地寻找床铺，这时她听见了一些声响，似乎有什么东西在阴影中向她靠近。她的心一下提到了嗓子眼，直到她发现西索在舔她的手，她再也无法控制自己的颤抖。这是西索第一次向她表示喜爱，第一次来迎接她。她激动地蹲下身子，哭着和它说话。

"你吓到我了！"

娜塔抱住西索。即便鼻子和眼睛被它粗糙的毛发挡住，也还是用力地抱着，由于抱得太紧，西索最后哼哼着跑走了。

从那天晚上开始，娜塔与皮特的关系变得更加亲密。尽管她因为向他透露了一些事情而处于劣势，但她并不担心这种不平衡，因为她并没有把所有的事情都告诉他。在她吐露秘密以后，皮特的态度没有改变；如果非说有什么变化的话，那就是他更加友善亲切了。两人整天互发信息，娜塔经常去皮特家拜访，不用等他邀请，她有兴致或者无聊的时候就会过去。她凭直觉隐瞒了一些她认为不便透露的信息。例如，她没有告诉皮特自己和西索的关系进展缓慢，或者自己很害怕房东。跟他说这些又有什么意义呢？皮特喜欢对所有事情指手画脚，基于他所谓的经验来提出建议——因为他是男人，他年长，他在拉埃斯卡帕生活的时间更长，他和那些娜塔几乎记不住名字的人是朋友——但这并不影响他们之间的友谊。

在晚餐中显而易见的是，他们之间没有性吸引力，不过这反而拉近了他们的距离。然而，皮特的冷淡给娜塔敲响了警钟：这是一种信号，意味着她开始失去她曾经拥有却不自知的权力。据说，情欲资本和金钱一样，会在不知不觉中流失，直到它消失不见，人们才会意识到这一点，然后用无情的目光审视镜子里的自己，评估身体或脸上可能存在问题的部位。确实，自从来到拉埃斯卡帕，她就忽视了自己的形象管理。她的头发变得凌乱粗糙，工作服也不适合她，在阳光下度过的时光并没有把她的皮肤变成古铜色，反而使它变得发红干裂。但肯定还有其他原因，与年龄有关，与岁月的重负有关——而不仅是因为时间的流逝。

她不愿意思考这个问题，就像她对待许多其他事情一样，她把这个想法暂时搁置在一边。

有时她会觉得，趁她不在家时，房东又拿着钥匙开门进来了。没有任何客观证据能证明这一点，家里的东西没有被换过位置，也没有任何他留下的痕迹，但仅仅是这种可能性就足以让她痛苦不安——她已经目睹过这种可能性成为现实。她强迫自己保持理性，别再因为疑神疑鬼而深受困扰。可是，一旦她闭上双眼，放松警惕，幽灵就会再次化作噩梦，肆意横行。

她反复地做同一个梦，梦中她发现床边有一扇一夜之间突然出现的新窗户，百叶窗拉了一半，白色窗帘遮挡住部分视野。从窗户——或者说从透过窗户能看到的少许景象中，可以隐约看见一片难以辨认但非常逼真的风景。它并不总是相同的：有时是阴暗天空下的雪山，有时是波涛汹涌的大海，有时是灯火通明的高耸建筑群，就像郊区里的那种。当她着迷得试图坐起来看个究竟时，却发现自己被绑住了，她的手腕上系着一个绳结，另一头系在床头、床板或是床腿上。绑绳看着并不起眼，却让她完全无法动弹。娜塔不知道是谁在什么时候绑了她。她看着压迫血管的绳结，皮肤上留下的划痕，因为血液循环不畅而发麻的手指，恐惧感在心中蔓延。就在这时，她听见有人开门走进来，那人趿拉着鞋，脚步缓慢，丝毫没有躲藏的意思。娜塔想知道西索在哪里，为什么没有发出吠声警告她。她没法离开床，但却设法看到了那个男人，他穿梭于房子的每个房间——梦里的房子比她想的要大得多，有许多她不知道的房间：后院，阁楼，嵌套在房间里的小房间。她看见了男人，看见了他的背影和裸露的后颈，他走遍了房子的每个角落，仅凭存在就玷污了这个空间。但她无法辨认他的模样。男人走近她的床。她喉咙里有什么东西在生长膨胀，变得越来越大，扼住了她的尖叫。娜塔感到窒息。

她汗流浃背地醒来，四肢麻木，口干舌燥。在她仍然混乱的感知中，夜晚的噪声交织：马在紧张嘶鸣，猫头鹰在悲鸣，蝉鸣此起彼伏，还有狗——这些狗总这样——它们的吠声相互重叠。

然而，更糟糕的是，每天每夜，无论她睡着还是清醒，都会在屋子里听见甚至主动寻找那些噪声。尖锐刺耳的嘎吱声，空气穿过百叶窗的声音，风扇的杂音，西索在门廊上用爪子敲击老旧木地板的声音，或是它在木桩边打转的声音。这些声音与房东毫无关联，但她没有放松警惕。当房东带着第二个月的账单再次到来的时候，他敲响了门。娜塔如释重负，二话不说就付了钱。她想，这样更好。不向他要任何东西，尽快结束会面，直到下个月前都不必再看见他的脸。

经过这么多天里的多次往返，娜塔对每条道路、每座房屋和住在里面的人都了如指掌。但是，她始终觉得有什么正从她身边溜走，有些事情她无法看到，也无法理解。厄尔格劳科的轮廓无处不在，无论她看向何处，它都在那里，即便她背对着它，它也依旧窥视着她。她告诉皮特，她感觉这座山好像一直在监视着她，她无处可逃。但他让她想象一下没有厄尔格劳科的拉埃斯卡帕：那将会是一片平坦无趣的土地，缺乏特色，毫无辨识度。他郑重地断言，让她觉得不舒服的正是那种不同。但娜塔明白，他们谈论的压根就不是同一件事——他们几乎总是这样。

一座废弃的房子引起了她的高度关注。在半塌的墙壁上，有人用鲜红的大字写着"上帝的惩罚"和"耻辱"。皮特告诉她，从前有一对兄妹住在里面，据传他们之间有乱伦关系。他们从另一个镇子逃出来，来到拉埃斯卡帕，在这里与世隔绝地生活了许多年。由于没有人愿意给他们提供工作机会，他们的生活极度贫困。他们竭力避免遭受他人的侮辱甚至攻击——皮特告诉她，有一次他们的窗户被人用石块砸碎，还有一次他们的小屋被人放火烧了。那个五十岁左右的男人突然因心脏病去世，他那个似乎患有智力障碍的妹妹几天后就离开了，房子在她离开时仍保持着原样。那些曾经恶心鄙视他们的人立即赶来，抢走了他们认为有用的东西，并将剩下的东西扔进熊熊大火中狠狠烧毁。之后，他们在墙上涂写了那些字迹。

但这些都是很久以前的事情了，皮特急忙解释说，那只是一种黑暗传说。他当时甚至还没住在那里，只是道听途说。她不应该因此对拉埃斯卡帕产生糟糕的印象。时过境迁，人们越来越宽容，越来越文明。娜塔觉得，如果他说的是真的，肯定会有人费心费力地去擦掉那些涂鸦。然而，涂鸦依旧存在，每个人都能看到它。它是一种提醒，甚至是一种警示。

娜塔能花上一整天的时间四处晃悠，除了一队工人，她只会遇到在收废铁或在给人跑腿的吉卜赛男人、老先生华金——罗伯塔的丈夫，还有开着面包车来往于佩塔卡斯的德国人，她知道他是去送自己菜园里的蔬菜。如果不是有皮特在，她可能好几天都不会跟人说话。她现在已经不算是什么新鲜人物，连杂货店的女孩也对她失去了兴趣。女孩招待她的时候，眼睛一直盯着挂在角落的电视，没有移开过。她无聊至极，浑身散发出一种绝望的气息。娜塔看到她伸展手指，关节发出清脆的响声，她全神贯注地小声哼着歌。从她那张仍青春的脸上，可以预见她五六十岁时的样子——那时，她会像她母亲现在一样受头痛折磨。

娜塔想要向她表示友好，但却不知道该说些什么。

有时她会和皮特一起去胖子酒吧，那是一个有着波形瓦屋顶的仓库，里面只有一个灯泡发着冷光……他们和那些来这里的人一起喝酒——大部分是农民和瓦工，他们谈论着娜塔无法参与的话题。皮特倒是能够很自然地与他们交谈，但她总觉得他是在迎合他们。胖子有时会多收费，有时又不收费，而且不允许任何人对此有异议。他和客人开玩笑时总是带有攻击和挑衅的意味，但大家都只是笑笑，毫不在意，娜塔也是这样。她绝对不会独自去那里，但和皮特在一起就不同了。

周末更加热闹。娜塔家旁边那间叫"小别墅"的房子里——那家栅栏上挂着的彩色门牌上是这么写的——住着一对年轻夫妇，还有他们年纪尚小的一儿一女，那两个孩子成天在花园里大吵大闹，好像这是他们之间最自然或者唯一可行的交流方式。那位女邻居是个瘦高、健谈的女人，她对娜塔非常热情，但有时会用狐疑的眼光看她，可能是因为她没法理解娜塔为什么要独自住在那个生活条件不便的破房子里，还养了一只难以应付的狗。皮特和那对夫妇是多年的好友，他曾经给他们制作了上层窗户的玻璃花窗，这些窗户会随着阳光照射的变化，向室内投去暖色调的红光或橙光。女邻居告诉娜塔，这房子是她意外从姑祖母那里继承来的。起初，他们想把它卖出去，但没有人愿意买这个杂乱阴暗的房子。她叹道，所以他们只好利用房子的优势，进行了一些改造，让孩子们至少能够享受户外生活。对此，她的丈夫比她抱有更大的热情，他经常修剪草坪，沉迷于为孩子们建造小屋和秋千。

娜塔经常感谢周一的到来，这样她就可以再次回归平静的生活。

在一个星期天，邻居夫妇举办了一次烧烤聚会，他们邀请了很多人，几乎所有人都是从城市里专门过来参加的。娜塔和皮特也受邀参加。娜塔很想融入其中，但到了以后，却又害羞地独自待在角落，一边喝着酒，一边观察着其他人。她不太明白为什么许多客人都穿着泳衣在花园里漫步。她觉得这很不合逻辑，因为这里没有游泳池，甚至连充气泳池都没有，只有一根水管，他们偶尔用它来喷水降温，或者像小孩一样用来嬉耍。她想，那些人真是有伤风化：他们无耻地展示着不完美、半裸露、湿漉漉的身体。他们谈论美食和政治，话题之间没有明显的过渡，有时还会同时涉及这两个话题。他们似乎对这些了如指掌，这让娜塔更加想要退缩。一些人走过来询问她的生活状况。他们对她出现在拉埃斯卡帕这件事非常关注，但却无法找到一个合理的理由来解释她的出现。其他人认为她是皮特的新女友，因此用"你们"来称呼她，她也懒得否认。似乎所有人都认为她是在隐居田园，并赋予这件事浪漫的意义；当他们对此大加赞美时，娜塔很想告诉他们，她之所以来到这里，只是因为这是她能找到的最便宜的地方。后来，她发现女邻居在院子的另一端注视着她。

"她恐怕是在嫉妒你，"皮特私下对她说道，"她的丈夫一直在谈论你，你没有注意到吗？"

是的，她注意到了。他主动把她介绍给自己的朋友，当他念出她的名字时，声音里充满了骄傲。他非常强调某些细节，比如她努力打理房子，救助了一只流浪狗，以及她是一名翻译。作为主人，他给她提供饮料，招待她时无可挑剔，但却忽略了其他的客人。娜塔高兴地想，所以她也不是完全失去了情欲资本嘛。然而，她的得意中夹杂着一丝嘲弄。她总是不免从局外人角度看待这种事：雄性正在追逐新的猎物，他的眼神犀利，充满挑逗意味，希望她能为他倾倒，但与此同时，他佝偻的背、平足的脚，以及转头时头上滑稽的剃发也暴露无遗。她好笑地想，有些男人可真是荒唐啊。

又一天，皮特鼓励娜塔去参加一个居民大会。尽管并非拉埃斯卡帕的所有居民都会参加，但她应该去，她的意见很重要。那是什么类型的大会？娜塔有所保留地问道。皮特的邀请背后隐藏着强迫，这让她不太舒服。她也不太清楚自己作为一名居民的角色是什么，她觉得自己才刚到这里，没什么发言权。皮特解释说，拉埃斯卡帕就是一个被忽视的小村庄。虽然有村长，但他实际上是杂货店的老板，他比表现出来的更喜欢掌权。不过，他的权力没什么用处。其他人也应该采取主动，要求佩塔卡斯政府——真正负责拉埃斯卡帕的行政部门——做些实事。令人啼笑皆非的是，这次大会的参与者只有小别墅的夫妇、皮特，还有其他的一些新生代——皮特用"新生代"这个词来形容他们，表明他们是一群想要改变现状的人。娜塔问道，但他们想改善什么呢？

"你似乎对这件事没什么积极性。"

"不是这样的。我只是不知道自己在会议中有什么作用。我只是一个租户，房东才应该参加这个大会。"

"你的房东根本不关心这里的问题。你知道他是什么样的人。"

是的，她知道。尽管她不太愿意承认，但她也明白皮特说得有一定道理。皮特提到了改善垃圾清运服务的必要性，道路缺乏照明的问题——晚上会非常危险，还有那些坑坑洼洼的路面会对汽车轮胎造成危害。

"你的车也会受到影响，对吧？"

娜塔点头：她的车也会受到影响。最终，她同意去参加居民大会。

会议在杂货店举行。娜塔到达时，惊讶地发现里面几乎没有空位了。虽然正如皮特所说，并非所有人都在场——比如吉卜赛人夫妇就不在，她能感觉到，对于某些人来说，他们跟路面凹坑问题一样严重，甚至更加严重。胖子也不在，他似乎和杂货店老板关系不好。皮特小声跟她说，他俩是死对头。老华金带着罗伯塔过来了，可能是因为没有其他人能照顾她。老太太今天的状态不太好。在会议进行到一半时，她突然开始用颤抖的声音语无伦次地讲话。尽管她口齿清晰，但她用了一些高雅词语，如"海牛""湿地""浑浊"和"腺体"等，这些词语有特定含义，且彼此之间毫无关联。娜塔记得这些词在当天中午电视上播放的一个纪录片里出现过，那是一部关于安的列斯群岛的纪录片，极其无聊，但它想必引起了罗伯塔的注意，让她感到困惑，因为她说话的语气中带着一种绝望的疑问：这一切意味着什么？她似乎在问，为什么大家都在讨论她不理解的事情，比如"路肩""路灯"或"大型垃圾箱"什么的，而她脑海中却闪现着海洋的图像和一些互不相关的词语。

在妻子说话时，华金只是静静地等待，并不感到尴尬，他相信其他人也会像他一样耐心而礼貌地等待。然而，娜塔却察觉到了其他人的不耐烦，他们目光低垂、不停地清嗓子。皮特傲慢地笑着，小别墅的夫妇窃窃私语，杂货店店主龇牙咧嘴，只有靠在罐头盒上的德国人不为所动，他低头盯着自己的靴子，缓慢地晃动他的脚。娜塔盯着他看。他看上去离群索居、独来独往，怎么会来参加大会呢？她不明白为什么人们管他叫"德国人"，明明他既不是德国人，长得也不像德国人。漫画里的德国人高大、强壮，有一头金发。而他却身材矮小，皮肤黝黑，头发稀疏，发际线高。他的鼻子又宽又丑，胡须向下弯曲，戴着近视眼镜，这一切并不能让他看起来有什么异国情调，反而让人一眼就看出他是本地人。"德国人"一定是个绰号，就像人们称呼皮特为"嬉皮士"，称呼罗伯塔为"女巫"一样。在乡村，人们总是用绰号来称呼别人，不是吗？娜塔想知道自己是否也有绰号，但她不确定自己会不会想知道那个绰号。

娜塔在柴堆中发现了一条盘踞的小蝰蛇。这是一条拉氏蝰蛇，吻部长着稀有的突角，面部皱缩成一团。娜塔吓得向后跳了一大步。她儿时就听说过这些蝰蛇的毒液非常致命，可以在半小时内夺去一个人的生命。她必须尽快把它处理掉，但她担心如果她试图杀死它，它会进行反击。而且，她要怎么才能做到呢？一想到要用棍子打它，她就一阵恶心。于是她出去找人帮忙，但花了很长时间才找到一个愿意帮忙的人。皮特在佩塔卡斯，她问过的瓦工们都说自己很忙，其中一个承诺在完成手头的工作后立即过来，但娜塔等不及了。最后，她找到了吉卜赛男人，他不仅没有拒绝，而且很快就卷起袖子出发了。蝰蛇还在原地。阳光洒在柴堆上，它在上面昏昏欲睡，一动不动，但同时保持着警惕，它似乎在用可怕的金色竖瞳斜眼看着他们，好像预知到了危险。吉卜赛男人用石头砸它，直到把它砸死为止。鲜血在它破碎的鳞片上闪闪发亮，娜塔看着，恶心得浑身发抖，但比起恶心，她更觉得安心。她在钱包里翻出零钱，想给吉卜赛男人小费；他却举起手表示不用，似乎在安抚她，也可能是感觉受到了冒犯。

"行了吧。这样的话我以后可不杀这种玩意儿了……如果我每回这么做都能拿到钱，那我早就能买得起奥迪和三层楼的别墅了。"

皮特后来和她说，她不应该杀了它。拉氏蝰蛇没有毒性，那只是个谣传。人们总是有一些无端的偏见和恐惧，他无奈地摇着头说道。她真的认为一条半米多长的蝰蛇会浪费它宝贵而稀少的毒液去咬人吗？不会的，除非有人像他们那样招惹它，否则这种蝰蛇从不主动攻击人。

"那我应该怎么办？"娜塔问道。

"什么都不要做。别管它，或者小心地把它抓起来，带到别的地方。它们在我们之前就已经生活在这里了，不是吗？"

娜塔同意了他的说法——她别无选择，只能同意——但她想，就连一条普通的蝰蛇也有权优先享受这片土地。而她，不论过去多长时间，都还是一个外来者。

一天晚上，风向改变，天气开始变冷。娜塔正在门廊读书，她刚开始去找了一件针织外套穿上，之后却被冻得浑身僵硬，只好走进屋里。随后，几滴温热的大雨滴落下，几分钟后，大雨如注，湿润的土地散发出一股新鲜、充满希望的气味。娜塔高兴得像个孩子。她觉得自己终于度过了第一个阶段，那也是最艰难的阶段，而这场雨标志着下一个充满希望的阶段即将开始。然而，这种喜悦转瞬即逝：在她欢欣鼓舞的片刻时间里，漏雨的地方变得清晰可见，地面逐渐形成一个水坑，而且越变越大。娜塔跑去拿了几个水桶，当她浑身湿漉漉地回来时，里面已经开始积起泥浆了。她想，这真是匪夷所思。在这种情况下应该怎么办？她以前怎么没有注意到？她不是已经看过天花板上的黄色污渍千百次了吗？她当时以为那是什么？她花了大半夜的时间不断把水倒掉，再把水桶放回去，直到雨停下来，她才能稍作休息。她断断续续地睡着，生怕雨又下起来，她知道这次她别无选择，只能通知房东。但是第二天早上天气晴朗，万里无云。她能再拖延一下吗，至少等到下次交房租时再说？希望在那之前不会再下雨。最好还是再等一等，不要过早地唤醒怪物。她知道自己是在找借口逃避问题，但她也告诉自己：这不是借口，而是事实，天色并没有预示还会下雨，这只是典型的八月暴风雨，暂时没什么可担心的。

她的预测是准确的：接下来的几天没有再下一滴雨。如此一来，她几乎忘记这件事了——虽然并没有完全忘记。每当她抬头望向天花板时，总是会看见那些令她厌恶的污渍，它们看起来就像尿迹和石灰渍。一个月过后，当房东穿着脏兮兮的工作服出现时，娜塔让他看看天花板的状况，他眯起眼睛看着那些污渍。她告诉他暴雨那晚发生的事情——关于水坑和水桶的事情。她解释说，正是因为漏雨，木地板才会腐烂。这是一个无可辩驳的证据，她想，现在他不能否认这些证据了。

"行吧，姑娘，但也不是天天都会有这样的暴风雨。"

"确实不是每天都有，但还是可能会有。我是说，这个秋天肯定会下雨，对吧？即便不是那么大的雨，但还是会漏水，而且……"她吞吞吐吐地说着，"地板正在腐烂。"

在她说话时，房东盯着她的胸部看。娜塔想，他是故意的，就是为了让她心神不宁，为了羞辱她。他歪着嘴和她说，假如地板真的腐烂了，那也和她无关。这又不是她的家，不是吗？她只是个租客而已，他重复道，一个来到这里以后就不停地抱怨的租客。

"你想让我怎么办？你以为你给的那点破租金够装修的吗？"

娜塔已经快崩溃了，但她不能展示出自己的愤怒。她试图展现出坚决的态度，然而话语中却只显露出犹豫和恐惧。

"那怎么办？下次再下大雨的时候，我就只能摆桶接水？"

"没错！"

房东用一根手指指向她，她就瞬间被击垮。娜塔的喉咙火辣辣地疼，灼痛感一直延伸到双眼。她要哭了吗？不，她绝不允许自己哭。她必须忍住这种冲动。

"我觉得……所有这些……都不正常。"

"不正常？你觉得不正常？那你觉得什么才是正常的，姑娘？人在乡下却要享受城市里的舒适生活就是正常的吗？"

然后他开始用复数人称说话，转来转去地挥动着双臂。

"你们都一个样。你们以为这里晚上有星星闪烁，早上有小羊咩咩叫。然后你们又抱怨蚊子、下雨、杂草之类的问题。你看，我已经给你降价降得很厉害了。你难道不记得了吗？每次你遇到问题，我不是都解决了吗？我不是来修理水龙头了吗？哦，那你也觉得不满意。没人能理解你们这些人。听着，我有更重要的事情要做。把这个月的钱给我，别烦我了。"

娜塔付完钱后，房东就摔门而去。他离开后，她终于哭了起来，她满腔怒火，不知道自己为什么要害怕这个男人。他粗鲁又刻薄，没有任何支配她的权利。他明显是个低劣的人，不是吗？他无知、肮脏又贫穷，能对她造成什么伤害呢？为什么她会如此受影响？她一边哭，一边试图说服自己，也许不会再漏水了，也许在天气不好的时候放几个水桶就足够了，也许那场暴雨只是特殊情况，也许事情并没有那么严重，也许她可以忍受几个月；总之，这确实不是她的家，她迟早会离开，在此期间，最好平静地生活，不要生气，不要让任何事情扰乱她的心情，这将是她击败他、凌驾于他的方式。

　　然而，那些污渍还是说明了一切。这一次，是德国人注意到了它们。他敲响了她的门，给她送来一箱蔬菜。他把蔬菜放在门口，在破旧的木板前停下脚步，目光上移，盯着天花板。

　　"那里会漏水。"他说道。

　　他说话的方式很独特，音节之间紧密相连，听起来有些生硬和匆忙。他没有直视她的眼睛，向她要了一把椅子后，便爬上去近距离查看污渍。娜塔注意到他脚上结实却疏于打理的靴子，就是大会上他穿着的那双。与此同时，他向她解释了问题的原因。

　　"看起来已经这样很久了。上面的瓦片肯定大多破损了。需要检查一下，看看还能不能修好，但我觉得应该没法修了。如果只是表面漏水，可以用沥青或石灰覆盖瓦片，但你家房顶的问题恐怕更加复杂。你的房东是怎么说的？"

　　"他说只有在下大雨的时候才会漏水，这不是他的问题，他不会来修理的。"

　　德国人从椅子上下来，摇了摇头："只要再下一场雨，即使只有几滴雨，这个房子就又会再次被淹没。我可以帮你修好它。"

娜塔喜欢德国人对房东的处事方式，他不会对房东的态度发表意见，不对她妄加评判，不评判这种情况是否公平，不催促她去争论或为自己辩护。德国人实事求是，直面现实，不加解释。正是他的这种态度，给予了娜塔宣泄和抗议的空间。

"这个问题不应该由我来解决，而应该是他来解决，不是吗？这是他的房子。"

"对。但受影响的是你。说真的，我可以帮你，我知道要怎么修。"

为了证明这一点，他详细说明了修理的步骤：首先，评估损坏的程度；然后，寻找类似的瓦片，更换掉受损区域的瓦片；最后一点显而易见，用排水格栅或水落管把过量的水导出，防止以后再发生类似问题。但娜塔想，他们并不是朋友，她得给他付钱。这样的修理得花多少钱呢？她没有多少钱，但她不会接受任何人的施舍。她不是不信任他，但她不想欠他什么。

"我不确定自己能不能负担得起。"她说道。

德国人没有说话。她怀疑他下一秒就要说他愿意免费帮她。然而，过了几秒钟，他却告诉她，他明白了。他也不能在开工之前就精确计算出所需费用。他不想刚把她从一个困境中拉出，又让她陷入另一个困境。他耸了耸肩，第一次直视她的眼睛。他的目光中没有失望，也没有惋惜，只有一丝腼腆和友善，也许还有些许尴尬。可能他也缺钱，看到了这个赚取外快的机会。娜塔觉得他很诚实，但这个提议不太适合她。她只能祈祷不要下雨，再买些更大的水桶以防万一。支付完蔬菜的钱后，娜塔向他道谢，并把他送到门外。

在短短两个小时后，德国人又来找娜塔。她会一丝不苟地把发生的事情全都记住，她需要牢记细节，以免遗漏任何事情，以免记忆被扭曲、篡改或掩盖。

她的回忆中会回响一个法语单词——"权利"——和一句法语短语——"拯救的权利"——这是她当时正在翻译的对话。"你没有权利拯救任何你想救的人！"一个角色抗议道，而另一个回答说："这不是权利，而是责任！"

娜塔在写下这些文字时，听到有人在叫她。她站起身走出去，发现是德国人，他没有进来，而是站在门口等着她——尽管他走后，栅栏门一直敞开着。

她注意到他换了一身衣服：褪色的灰色裤子换成了干净的蓝色裤子，印有汽修店广告的黑色短袖衫换成了磨损得几乎透明的米色衬衫。他没有笑，但也不显得严肃。他给人的感觉是，他正专注于要做或者要说的某件事，而那件事甚至和娜塔没有直接关系。她开始在想，他是不是落下了什么东西，或者算错了蔬菜的价钱，或者就像她最开始想的那样，他最终决定要免费帮她修屋顶。当她看见他抬头望向屋顶的瓦片时，她确信是第三种选择。这事是可以预知的，她想，虽然此后发生的一切都无法提前预见。

"我希望你不要生气。"他说。

他站在那里看着屋顶，阳光刺眼，让他眯起了双眼。西索慢慢靠近，嗅着他的裤腿。

"生气？为什么？"

他试图找到合适的措辞，但他之所以犹豫不决，似乎并不是因为他觉得这件事难以启齿，而是他对如何组织语言感到迟疑。娜塔好奇地等着他开口，但是也带着一丝漠然，好像他即将说出的话——或提出的建议，她已经猜到他要提一个建议——并不会影响到她。

"你有权利生气，这是我要承担的风险。"

这不是权利，而是义务！娜塔这么想道，但她微笑着，鼓励他说下去。

"说吧，尽管说出来，没关系的。"

然后他就说出来了。他说自己已经单身很长时间了。准确地说，他已经很久没有女人了。住在拉埃斯卡帕并没有让事情变得更容易，对于他这种孤僻寡言的人来说也是如此——尽管他没有用这些词来形容自己：他只是说"像我这样的性格"。并不是说他因此觉得不适。他并不感到悲伤沮丧，不是那个意思。他在生活中习惯独来独往。他一直都是这样。但不可否认的是，男人有一定的需求。说到这里时，他的声音有些颤抖，但他很快整理好情绪。他接着说，他也不再年轻了。他比她大十到十二岁左右——他打量她，评估出她的年龄。他不觉得自己老了，但他也没有力气去征服女人了。他尴尬地笑了笑，娜塔能够感觉到他的尴尬并不是因为他所说的内容，而是因为他用了那个词——"征服"——这个词委婉、过时，而且显得不合时宜。他收起微笑，纠正之前的表述。他想找女人，但不想去找妓女。他说佩塔卡斯的妓女境况糟糕，因此他不想去找她们。她机械性地点了点头。

事情其实很简单，德国人继续说道。或者应该很简单。尽管男人女人们通常不会用这种方式说出来。没有人敢明确地谈论这件事。正常做法——或者说惯常做法——是隐晦地提起。他觉得也许他和她在谈论这件事时不必绕弯子。这只是他的直觉，她可能会误解他，觉得受到冒犯，或者即使她正确理解了他的意思，也同样会感觉冒犯。他还不够了解她，无法预测她的反应，所以唯一的办法就是冒险尝试。他等了几秒钟，试图从她的眼神中观察出她的反应。

"我可以帮你修理屋顶，作为交换，你让我进入你一会儿。"他说。

娜塔之后一次又一次地反复回想起那些话，甚至担心那是不是自己编造出来的。他没有说"作为交换，让我和你上床"，更不用说其他可能具有冒犯性的类似表述了。他说的是她"让他进入"。他没有说"进入她"，而是说她"让他进入"。这种说法很奇怪，但不可能是因为他的语言能力太差，毕竟他并不是德国人！让他进入，他重复道。他还说，就一会儿。"一会儿"。娜塔眨了眨眼，她需要更多信息，或者再听几遍，才能理解他的意思。但是他的态度——他垂放的双臂，分开的双腿，低垂逃避的目光——表明他已经说完了，现在只是在等待回应。

娜塔询问："能具体说说吗？"

德国人注视她片刻，试图挤出微笑，但脸上的表情却显得扭曲怪异。他笑是因为他觉得松了一口气吗？还是因为她没有生气，所以他觉得满意？娜塔无法解读他的表情。他说，一次就好。又重复道，只要一会儿。接着又说，在尽可能短的时间内解决。

"我不想打扰你，也不想给你添麻烦。你不是妓女，希望你不要觉得我把你当成了妓女。我只是……"他犹豫道，"我只是想进入你的身体里一会儿。就这么简单。你躺下，我会很快结束。就这样而已。我已经很久没有和女人在一起了。我肉体上有这个需求。我觉得可以向你提出这个请求。"

娜塔以后也会铭记这些话。他的陈述如此冷漠、干脆、粗鲁。他本来可以说在这种情况下常用的表述。比如，他可以说自己喜欢她，被她深深吸引，提出这个直接的请求对他来说很冒险，但是他无法抵抗娜塔的吸引力。但是那段话的结尾——"我觉得可以向你提出这个请求"——没有任何意义。他不是因为喜欢娜塔才向她提出这个要求，而是因为他觉得他可以这样请求她。那么，他不能向谁提出这种请求？是因为他觉得自己不能向那个人提出这种请求，所以他才没有去做吗？

娜塔现在不由自主地受到恼怒和不耐的驱使。这种反应转瞬即逝，却对她的拒绝起到了决定性的作用，她拒绝得突兀而生硬，几乎连自己都感到意外。

"谢谢，但不了。"

好的，他说。他没有再坚持，但也没有道歉，只是平静地离开了。娜塔也若无其事地和他告别。

但当她回到桌前，却无法再继续工作。

接下来的几天里，她都无法继续工作。

2

下雨了。不是倾盆大雨，而是雨势平稳的连绵细雨。从半夜就开始下。娜塔强迫西索进屋，放好水桶，时刻留意着，当水桶快满溢时，她就把水倒掉。木地板散发出一股潮湿黏腻的热气，让她昏昏欲睡。她陷入一个错综复杂的梦，每次中断后，都总是会继续做那个梦，始终无法彻底打碎梦境。在梦中，西索逃跑了，她必须得去追它，但她赤着脚，手头只有一双硬皮靴子能穿——就像德国人的那双。鞋子不合脚，她几乎无法前行，因为靴子太重了，她很难抬起脚来走路。不管她有多么绝望、多么着急，狗都已经从她的视线中消失无踪了，她只能听到它越来越微弱的哀嚎声。当她醒来时，她才发现西索确实在哀嚎，它在现实里的叫声和她梦境里的交融。但是，那双靴子呢？

它们也是真实的吗？无论真实与否，她想，那都不是解决问题的办法。

雨在黎明时分停下，启示也随之消失。娜塔凝视天空。厄尔格劳科的上方聚集着厚重的乌云，很快又会下雨。然而，此刻在白昼的明亮光线下，她感到平静。她觉得漏雨也不那么重要了。她只需在必要时再摆上水桶；毫无疑问，还有人的生活条件更加糟糕，但他们也能坚持前行，不去抱怨。德国人的提议，他的声音——他提出建议时的声音——仍在她的脑海中回响，但并未让她心神不宁。德国人就在那里，在她的记忆中，就像几天前站在她家门口那样，以出人意料的平静说着话。她也看向他，和他一样心平气和。

这种天气持续了一整个星期，但没有变得不可控制。雨水时而下，时而停，二者平静地交替着，这种天气对农作物有益。但是，因为阵雨后没有足够的时间让屋顶完全干燥，漏水问题依然存在。娜塔得花很多时间守着水桶，除了去购买必需品，她几乎没法出门。随着时间的推移，疲惫感逐渐积累。她心烦意乱地仰望天空，内心越来越焦虑。

一天中午，趁着雨势初歇，天色稍稍明亮，她决定出门活动一下腿脚。西索一直陪着她走到栅栏门边，但她再叫它继续走时，它却停在那里，纹丝不动。

"那你就待在那里吧，"她生气地说道，"都是你的错。"

西索目送她沿着小路走远。虽然天气已经变凉，但娜塔还穿着夏装，她只穿着一条简单的短裤和一件纯棉短袖衫。为了挡风，她双臂交叉，迎着风继续前行。她像个机器人一样全神贯注地坚定向前，虽然她没有愚蠢到否认她很清楚自己的目的地。事实上，她非常清楚自己要去哪里，但她不知道自己去那里的目的和原因，她也不知道自己的不快——或者更确切地说，是愤怒——究竟从何而来。

她脑中闪过一个念头，转瞬即逝，她来不及抓住它、理解它。它和原始的交换有关，和作为基本社会关系的以物易物有关。为什么不呢，她想。那里有一些美好的、本质的、与人性有关的东西。

眼前的房子和她的住所非常相似，都是简陋的单层建筑，带有低矮的窗户。不过，这个房子的空地并不在前边，而是在房子的后方，所以她只能直接站在虚掩着的大门前。她清了清嗓子，腼腆地敲了敲门。突然，她意识到自己并不知道德国人的真名。她探头问道，有人在吗？但这听起来更像是一个肯定句，而不是疑问句。事实上，这声音也不像是她自己的声音，听起来很不自然，像是在念台词。有人在吗？她再次问道。没人回答。于是，她走进房子。里面弥漫着湿木头和烤面包的味道。家具很少，衣服晾在折叠晾衣架上，架子上摆着一台款式过时的小电视机。一只虎斑猫一动不动地停在桌子顶上，观察着她。娜塔从它身边走过，穿过房子，从通往菜园的后门走出去。德国人正蹲在几条垄沟旁。听见她发出的声响，他转头看向她。他看起来一点儿也不惊讶，好像她的到来只是时间问题。他用前臂擦了擦额头上的汗水。

他说："你来了。"

他迟疑地走近她。娜塔看向他，他浑身泥污，眼镜滑落，汗水淋漓，形象狼狈。她回想起几天前他对她说的话——他说，他"已经很久没有和女人在一起了"。就在那一刻，她意识到他在提议时说这句话的意义，意识到自己要因为那句话而做到什么程度。她这是要干什么？因为怜悯而和他上床吗？

"你改变主意了吗？"他问道，"是因为下了这么多天的雨吗？"

娜塔点头。

"你想现在就做吗？在这里做吗？"

她本能地再次点头。她突然发觉他的提问非常无礼，几乎可以说是专横。然而，他已经放下工具，甩了甩双手。

"等我一会儿，我去洗个澡。"

进屋时，他朝她微笑了一下。尽管那笑容一闪而过，但娜塔还是察觉其中透露的紧张，可能还有些尴尬。她站在外面，望着菜园。有两只比屋里的猫更瘦的猫，飞快地逃往后院的棚屋，那里堆放着袋子、柴火和工具。泥土散发着浓烈的堆肥或者垃圾气味。娜塔凝望着天空，远处乌云密布：很快又要开始下雨了。这种气味、吹拂皮肤的风、叶子和土壤的绿色和棕色交织的色调，还有因为紧张而变得辛辣的口水味道，将她与这一刻紧密连接的一切都通过感官表现出来，然而，虚幻感超越了现实，抽象压倒了具体，她感觉自己并不是处在一种新体验的边缘，而是置身于舞台布景中，和演员们一同演出：这是一个弥天大谎。德国人很快就出来找她了。他的湿发向后梳理着，他指着被毁坏的辣椒植株向她展示。

　　"有些东西对一些植物有益，但对其他植物却会造成伤害。"

　　她察觉到他说这些话是为了缓和紧张气氛。然而，他的言论反倒让气氛更加紧张。一股怒火涌上心头。她迫切希望尽快结束。他似乎注意到了这一点，于是他领着她进入室内，他轻轻地握住她的手臂，带她走进一间黑暗的房间。他压低声音，向她解释说不开灯更好。他说他不想让她感到不舒服。他重复道，他不想让她感到不适或觉得被冒犯。

"我们很快就会结束。"

当娜塔的眼睛逐渐适应黑暗时，她看见了一张没有铺好的小床。他请她仰卧在床上。她可以选择完全脱光或者只脱去必要的衣物，随她喜欢。娜塔躺下，脱去腰部以下的衣物，而德国人则转身面向另一边，好像不愿意看她。床单有点潮湿，但很干净，就像还没来得及晾干，他就把它铺上了。德国人依然侧向一边，向她解释着他们接下来要做的事情。娜塔在他的言辞中感受到的与其说是冷漠，不如说是一种职业上的疏离感，像是为了确保她不会忘记这次会面只是一次商业协议。然而，在他的声音中，流露出一种不确定和他无法完全控制的不安情绪。娜塔感受到一丝微弱的温情，但它转瞬即逝。她觉得这个男人永远无法吸引她，这种事情必须以这种方式，在这样昏暗的光线中进行：一个男人脱下裤子和衬衫，试图隐藏紧张情绪；一个女人等待着献身，却不完全明白献身的原因。

这就是她此刻对这种情况的看法：这是投降，是屈服。她把某种东西交给他，以换取其他东西。

一切都按计划进行。当他趴在她身上时，已经非常兴奋了。他先是跪着，低垂着头，测量她两腿之间的空间，没有看她的脸。娜塔可以看清他阴茎的形状；她好奇地观察着，看着他展开避孕套，小心地戴上它。然后他慢慢地靠近她。她伸展身体，抬起臀部，方便他的进入。她"让他进入"。她让他待在她的身体里。这是他的请求：在里面待一会儿。娜塔感受到他的坚硬在她身体里轻轻地、缓慢地移动，尽管他动作时尽量轻柔，但她仍旧能感受到它带来的摩擦。她闭上双眼。德国人双臂笔直，抵在她身体两侧的床垫上，支撑着自己的身体，避免全部重量都压在她的身上。但随后，他任由自己瘫倒，双手沿着她的侧腰游走，最后停留在她的衣摆处——再往下就是她的身体，她裸露的腰部。娜塔听到了轻微的呻吟声，感觉到他释放时的震颤，于是她让他在里面多待一会儿，慢慢地让身体放松下来。雨又开始下了，雨滴有节奏地敲击着棚屋的金属板屋顶。其中一只猫可怜兮兮地喵喵叫着，德国人松开她，穿好衣服离开了房间，这样，她也可以安心地把自己打理干净，穿上衣服。

娜塔离开时，他们没有对发生的事情进行讨论。她不知道这种沉默是不是他们协议的一部分。她不知道这是否符合他的期望。他曾说过，他很久没有和女人在一起了，现在他和她在一起了。他的期望达成了吗？尽管他们的会面时间短暂，彼此之间存在距离，但他是否得到了他所追求的快乐？这种短暂和距离是他自己设定的条件。也许他认为这样可以减少麻烦，又或者这是出于他个人的偏好和选择。

她突然迫切地想知道他的名字。她曾经听见有人称呼他为安德烈亚，但她有些怀疑，因为安德烈亚是女性的名字。也许他的名字是安德烈亚斯，这个名字的拼写比安德烈亚多了一个"s"，在拉埃斯卡帕，从来没有人会发这个音。据她所知，安德烈亚斯是一个希腊名字，但也许在德国也有人使用。所以大家才更喜欢简单直接地称呼他为"德国人"吗？娜塔不打算问他，她确信这种问题在他们刚刚发生的事情中毫无意义。她抚摸着那只虎斑猫——原来它是只母猫。与此同时，德国人——安德烈亚斯，或者他并不叫这个名字——正在找雨伞借给她，因为虽然雨越下越大，但她显然不想再待在那里了。或许，其实是他不想让她再待在那里了？

他们道别时，他没有向她表示感谢。娜塔想，这样才对，她做这件事并非出于慈善或利他精神。但她心中仍然感到一阵寒意，她渴望得到某种东西。或许她确实希望他能表现出一点点的感激之情。

那天晚上，她难以入眠，内心充满了疑虑。她表现得像个妓女吗？应该如何解释所发生的一切？别人会怎么定义这件事？如果她当时收了钱，收了现金，比如说，他把钱放在床头柜上，这件事的意义会有所不同吗？对她来说确实会不同，因为她并不想要钱，她只是想让他帮忙解决屋顶的问题，而这本来应该是房东的问题。但是，如果他给了她钱，而她用这笔钱去雇一个泥瓦匠，不也一样是金钱交易吗？结果不是一样吗？不，不一样，她得出结论。因为这样就在交易链中引入了更多的元素——钱、泥瓦匠——这些元素并不是协议的一部分。

抛开金钱的问题，抛开那些看得见、摸得着的钱，她最终决定不将这种行为称为卖淫。然而，她的疑虑并没有消除。她这不是在自我辩解，试图把不光彩的事情洗刷清白吗？她真的认为为了修补漏水的屋顶，必须得做到这种地步吗？还是说她只是在等待雨天，用这个借口去找他？难道没有其他办法可以赚钱吗？她有钱支付西索的疫苗和治疗费用，为什么却没钱修屋顶？她本来可以威胁房东，说如果他不把屋顶修好，她就搬走。她甚至真的会这样做。没有什么能把她强留在拉埃斯卡帕。附近有很多类似的地方：圣栎林、田野、土路。这里不乏没有漏水问题的廉价房屋。

她尝试从外部视角来看待这个问题，以别人的眼光来观察、审视自己。没有人会轻易相信她的理由。他们凭什么相信她？他们会说，她之所以这样做是因为她内心想要这样做，她喜欢这样做。在性爱中，要么愉快，要么厌恶，不存在中间地带：如果她没有感到厌恶，那她的感受就显而易见了。如果她觉得反感、恶心或痛苦，觉得自己被利用或被羞辱，如果他们接触的时间更长，或者他强迫她移动、舐咬、扭动身体，她会觉得自己更有尊严吗？

但他们只持续了几分钟。在这么短的时间里，无法回答那么多问题。她想，也许应该用更简单的方式来看待这个问题。德国人提出了一个建议，起初她觉得不太合适，但后来觉得也可以接受。她不需要用任何词语来定义那件事。他表现得真诚而正直，没有拐弯抹角，与男邻居在烧烤派对上的谄媚接近方式截然不同。德国人表明需求，提出请求，并给出交换条件，而这些条件正是她真正需要的。这次会面就像它应有的那样冷淡，但并没有让她觉得龌龊或者尊严受损。她努力回忆发生的一切，回忆每个步骤、每个动作。他说了什么？用了什么措辞？什么时候说的？那些令人担忧的事情——厌恶或后悔——并没有发生。德国人表现得非常体贴。她不得不承认，她无法想象，在他那粗犷朴素的外表下，竟然有如此细腻的一面。他尽可能避免伤害她，用手支撑自己的重量以免压到她，动作缓慢。回想起来，她依然能感受到双腿间的温暖，这种温暖更多是心理上的感觉，而不是身体上的。虽然他们结束得很快，但那种缓慢的感觉却挥之不去。这该如何解释呢？

现在她必须千方百计地避免他产生误解，以免让他以为还会有机会，事实上，这样的机会已经不会再有了。如果发生任何误解，她会坚决地把它扼杀在摇篮里。他们之间发生的事情可能具有某种吸引力——她后来觉得把"吸引力"换为"激励性"更加合适——她想，这种激励性源于这种情况的不可复制性。即使他提议在相同的前提下再次进行会面，那也完全不同了，因为肌肤有记忆，重复会加深记忆，而她现在最不想做的就是加深记忆。

早晨，德国人开着面包车过来修理屋顶。娜塔给他倒了一杯咖啡；他表示感谢，但拒绝了她，说自己已经喝过了。他在房子外面评估瓦片的损坏情况，而她坐在电脑前。

"需要的话，随时找我。"她说道。

话刚出口，她就意识到自己话语中的歧义，觉得有些尴尬。但是无论她再说什么，都像是欲盖弥彰。这个认知让她很恼火。这是她之前没有考虑过的后果。

他就在外面，离她这么近，这让她根本没法集中注意力。就算是最简单的句子，她也要花大量时间才能翻译出一句。事实上，恰恰是这些最简单的句子才最困难。她又一次产生了放弃的冲动。她为什么要坚持做一件自己明显不擅长的事情呢？她好几次起身照镜子：她眼下青黑，面色苍白。她想，今天她的状态不好。她梳好头发，化上淡妆，又回到座位上。她坚持翻译，可却一直在同一个段落上打转。

德国人从门后探出身子，吓了她一跳。他告诉她，他打算去佩塔卡斯购买新的瓦片，他已经知道需要的数量了。等他回来，他还得到房子里来修理，希望不会打扰到她，他很快就能结束。好的，娜塔答道。他离开时，她不禁一颤。不打扰、很快结束：这些话和他前一天说的一模一样，甚至连发音时的音节都一样不连贯。难道他就不会用其他方式说话吗？

德国人花费了整整一天的时间来整修屋顶。他对屋顶表面和内面都做了防水处理，安装了新买的瓦片和水落管。他解释说，水落管的作用是在下雨时引导水流，避免水在屋顶上积聚。娜塔不知道购买这些瓦片、水落管和防水涂料，还有德国人用的一些她不清楚用途的材料花费了多少钱。除此之外，还有他的工时、技能和所需的专业知识。它们的总和就是前一天下午她献出身体的报酬。这价格到底是太高还是太低呢？对于这个问题，他没有发表任何评论，他只说必要的内容。休息时，他只是在地块周围徘徊，静静地抽烟。娜塔想：他这是想让我安心，害怕打扰到我。然而，真正让她感到不舒服的正是他有所保留的态度。她觉得他可真冷漠。与此同时，她又想：她在期待什么？温暖吗？如果一切相反，他表现得亲昵甚至暧昧，似乎在提醒她他们之间已经有过亲密行为，再也无法回头，那将会更加糟糕。

随着时间的推移，她越来越愤怒。她无法进行翻译，无法阅读，对任何事情都不感兴趣，甚至连西索的存在都让她感到烦躁。当她终于看到他收拾东西时，她考虑要给他一杯啤酒，但他又一次从门边探出头来，向她道别——他没有进屋，甚至没有跨入门槛——于是她打消了这个念头。她想，她还有其他更有意义的事情要做，比如照料菜园，或者其他的活计，像他刚才为她做的修缮工作一样，谁知道呢。她冷淡地向他告别，直到最后才说了句谢谢。然而她意识到，她又弄错了：不应该是她向他道谢，而应该是他向她道谢。

皮特对她说："我昨天看见德国人在你的房顶上忙活。"

他说"忙活"的时候带着一丝微妙的轻蔑。娜塔感觉自己被揭穿了，努力地解释着。她说房顶有点漏水，德国人来给她修理。他收费低，而且做得很好，干活干净又利索——她一说完这话，立刻脸红了："干净又利索。"但皮特吃惊地问，她真的需要自己付钱吗？不是，当然不是，房东会付钱。皮特挑起一边眉毛——这是他经常做的动作——并断言德国人干活不够细致。他不明白娜塔为什么要找德国人来修缮，这点小问题并不难解决，他就可以帮她修好。

"我觉得他做得挺好的。"娜塔坚持道，"他修了一整天，投入了很长时间。"

"这并不能说明什么。投入大量时间不等于他做得认真，也可能只是因为他手笨，或者因为他脸皮厚，想收取更多费用。他收了多少钱？"

娜塔结结巴巴地回答："我之前已经和你说了，我没付钱。"

"但你连他要收多少钱都不知道吗？"

"我不知道，这些是他和房东商量的。"

"那你之前还说他收费低。"

"嗯，我猜的。房东那么吝啬，价格肯定不会太高。"

"德国人和房东之间达成了协议！"皮特咂舌，"真不知道你怎么能相信他。"

娜塔笑了笑，承认自己的错误。她说，但她还能怎么做呢？她不知道德国人是否技艺拙劣，但他确实是个奇怪的人，这一点毫无疑问。为什么大家都叫他"德国人"呢？他的名字不是安德烈亚斯之类的吗？对，他是叫安德烈亚斯，皮特确认道。他的妈妈是德国人，或者是库尔德人，或者是居住在德国的库尔德人，他记不清了。但他出生在德国吗？不，他觉得不是，他不太清楚。大约五年前，德国人来到了拉埃斯卡帕，他从来不提起自己的过去。他总是独来独往，有活就做，皮特重申道，他的工作做得马马虎虎。据他所知，德国人以前在佩塔卡斯做过模板工，也做过快递员。他还做些修理水管、小型修缮之类的工作。现在他专注于种菜。他做一些零碎的活计，勉强维持生计。但他不和任何人交流，也没有朋友。皮特不认为这是因为德国人性格内敛。在拉埃斯卡帕这种小地方，他这种自我孤立的行为显得非常可疑。正因为这些原因，以及一些其他的缘由，皮特觉得他不可信。

"什么其他的缘由？"

"我不太清楚，一些他做过的事情，或者一些我听说他做过的事情。"

"比如呢？"

"哎呀，娜塔，我现在想不起来了。"

"但是如果你不记得了，为什么说得这么严重？"

皮特微笑了一下，但那笑容并不亲切，反而带有距离感，仿佛在告诉她或暗示她他清楚内情。

"我不明白你为什么突然对他这么感兴趣。他和你有什么关系？你好像有点戒备。"

娜塔也笑了笑。她只是好奇，她保证道。毕竟，德国人在她家里忙活了一整天。而且她必须承认：他话少得有些奇怪。除非必要，他没说过一句多余的话。

娜塔被雨声惊醒。雨水纷乱无序地肆意敲打屋顶，滴落进德国人买来装好的水落管。他曾保证，水落管能将雨水有序地引流到地面，避免在瓦片上积水。这个声音把娜塔带回了在他家的那一天，那天也在下雨，雨点敲打着棚屋的金属板屋顶。就在雨开始下的时候，他的手缓慢而轻柔地从她身体两侧抚过，从腋下到臀部，从她的上衣到她赤裸的皮肤。她被这段回忆吓了一跳。她打开灯，试图读书，但却无法集中精力。一股寒意沿着她的脊柱蔓延。她像一只处于发情期的动物一样心烦意乱。她究竟怎么了？

黎明时分，她又开始翻译。"这不是幻觉。我触碰了她的头发……"这些空洞、无声、无形的法语词汇在她的脑海中回旋了好一会儿，直到它们开始变得有了意义，呈现出各种可能的含义。是触碰头发，还是抚摸头发？"触碰"听起来不太恰当，但这是原文中的表达。如果指的是抚摸头发，为什么作者不用法语中的"抚摸"呢？还有，为什么用头发，而不用"毛发"呢？那样不是更自然吗？那她到底应该用抚摸毛发还是触碰毛发？她该怎么表达？触碰腰身还是抚摸腰身？触碰和抚摸之间有什么差别？她译道："这不是幻觉。我触碰了她的头发。"当她再次阅读这句话时，心中的反感情绪高涨。她站起来，在房间里来回走动。西索的视线跟着她移动，但那目光并不纯粹：它的眼神看起来像是对她进行评判。

几个小时后，有人从外面喊她的名字，发音清晰。德国人站在栅栏的另一边，他耐心、坚定、沉着，身穿工作服，眼镜下滑。他只是来问一下情况如何。昨晚下雨了，他再次问道，情况如何。原来是这样，娜塔想。就只是这样？就只是为了询问修缮成果？

她生硬地回答："很好，谢谢。一滴水都没有进来。"

他扬起一边唇角，因为自己的工作做得好而感到满足。这是他前来的唯一一个原因，娜塔想。没有其他原因了吗？真的仅此而已？他难道不认为自己欠她一个道歉、一个解释，或者他至少应该向她表示感谢吗？娜塔想和他说这些，但她只是重复道：很完美，一滴水都没有进来。很好，他说，这正是他想听到的。

"如果有任何问题，通知我就好。"他在转身离开之前补充道。

娜塔一动不动。她心中充满愤怒。她不希望他离开，但同时又想让他立刻离开。她讨厌他说话的语气，讨厌他说话时直来直去，用词生硬。他说，如果有任何问题，告诉他。那其他问题呢？她已经很久没有感到这样沮丧、这样低落了。

没有事先通知就出现在她家里，他这是什么意思？他有什么资格出现在她家？尽管在农村里这种做法确实很常见，但这种习惯可真没礼貌！她本来心情平静——或者说，她本来正在试图平静心情——她不想见任何人，特别是他。但他突然出现了，而她没有洗头，没有洗脸，穿着睡衣，还必须放下自尊，在完成了一笔基本交易——用性爱换取屋顶修理的交易——以后，装作与邻居友好相处，装作一切正常，这是什么荒唐事？协议，宽容，一切如何，下雨天情况如何，如果有问题就通知我。他根本没有察觉到我在生气，娜塔想。他甚至连这一点都没有察觉到。两天前，他把她带进了自己的卧室，但现在，他却冷冷地看着她，就像看待一只山羊或者一只狗那样。也许现在在大白天里看着她，他还会为自己对她做过的事情感到后悔。他那么长时间都没有女人，所以他最终找上了她，找上了她这样的废物。

在去杂货店的路上，娜塔遇到了华金和罗伯塔。两位老人手挽着手，在泥泞的路上艰难行走。娜塔轻而易举地追上了他们。他们没有特定的目的地，更像是在信步闲逛。华金告诉她，他们出门是为了活动腿脚。医生建议他们多走动，这有益于他们的身心健康，说完，他向她眨了眨眼。罗伯塔似乎认识娜塔，她对娜塔亲切地笑着，并礼貌地跟她打招呼。不过，娜塔发现罗伯塔会认错人，她有时会把娜塔和杂货店的女孩搞混，有时又把娜塔和一个名叫索菲亚的人混淆——那个人应该是她的家人。她说话时没有错误，条理清晰，用词精确，结构复杂，但她说的话没有意义，她话语中的逻辑与现实里的逻辑之间有一个巨大的鸿沟。华金挑眉示意，像在表达歉意，之后，罗伯塔问起了狗。

"狗？"

"对，那只很瘦的狗。它现在好点了吗？"

娜塔很高兴他们的谈话转向了一个安全的话题。

"我带它去看了兽医。它已经接种过疫苗了，而且还吃上了很好的狗粮。我觉得它甚至稍胖了些。但它还是不信任我。它可能被虐待过。"

"用砖块虐待。"

"用砖块？我不清楚是用什么，可能是石头之类的……谁知道用了什么。"

罗伯塔用她那双漆黑纯净的眼睛盯着她。

"不！不是狗！是德国人和砖块！"

她说"德国人"。不可能搞错。老太太清楚地提到了他。

"用砖块做什么了？"华金问。

"全部！"

她沮丧地说着话，希望自己能解释清楚。她用一根手指指着娜塔。

"她给它水果，而他放砖块。"

娜塔被惊得张口结舌。

华金坚持道："水果？水果不是女孩的，是德国人的，是他菜园里的。他卖水果，我们也从他那里买，你不记得了吗？"

罗伯塔低声笑了起来，好像想起了什么趣事。她歪着头，嘟嘟囔囔地自言自语，反复说着："她给它水果，而他放砖块。"娜塔试图理解。也许老太太看见过安德烈亚斯爬上屋顶，就像皮特或者拉埃斯卡帕的其他人看到过的一样。也许她说的砖块是屋顶瓦片。但是，她说的水果是指什么？是园子里的蔬菜吗，还是别的东西？她摇了摇头。

她不该在意一个疯疯癫癫的老太太说的话。是她太过敏感，才会从错误的角度来看待一切。

晚上，她去找了他，但这次她并非一时冲动。在去之前，她经过了深思熟虑，花了很长时间做准备：脱毛，洗澡，洗头，吹干头发，喷香水，挑选她认为合适的衣服。她意识到这样的精心准备似乎有些矛盾。如果她此行唯一的目的是谈话——去解决问题，澄清状况，或者其他叫法——那她并不需要如此费心打扮。但是一码归一码，她随后又想，她仿佛在向一个无情的法官进行自我辩护。她紧张地出了门，胸口发闷。夜晚早已降临，而居民们改善照明的要求目前还没有得到解决，所以她选择开车前往。她开得很慢，尽量不发出噪声；她计划突然出现在他家门口，不事先通知他，这是对他之前突然到访的反击。可是，这里一片寂静，远比任何时候都要深沉，她到达后，所有动作——刹车、熄火、拉手刹——都和她的期望相反，动静显得格外大。她踩着鹅卵石小心翼翼地走近房子，敲响了门——因为他家没有门铃，或者是她没找到门铃。她听到电视机的声音降低，另一边传来逐渐靠近的脚步声，德国人打开门，惊讶地看向她，邀请她进去。娜塔看着他，和他对视，他的表情显得愚蠢迟钝，仿佛没有理解眼前的状况。她被愤怒和怨恨刺痛，怀疑自己是不是又弄错了。她声音有些变调，问他能不能和他谈几分钟。当然，没问题，他回答道，并把电视音量调到最低——但他没有关掉电视。他移开沙发靠垫，把虎斑猫赶下去，在沙发上为她腾出位置。他问她要不要喝一杯啤酒，她拒绝了，然后他坐在她对面的一把破旧难看的扶手椅上——她有时间去注意到这一点：椅子很难看、很破旧。

然而，他们却陷入了沉默。无论是当时，还是接下来的几个小时，甚至整个晚上，都没有人开口说话。

从那天起，娜塔的思路完全变了。她不再像往常那样思考。现在，她的思绪自由地发散，不再去往曾经常去的地方，而是前往其他地方，她无法抓住它们。

她的脑海中仿佛在播放电影，一帧帧地浮现出安德烈亚斯和她的画面。他们躺在床上。他的身体，还有她的身体，他们的每个动作，床单的褶皱，他们说的寥寥几句话。电影结束得太快，短得令人绝望，她不停地重复回放，沉浸在细节之中，延长每一个镜头，试图拉长时间，甚至囊括了之前的场景——她去到他家，还有之后的场景——他们道别，而后她离开——尽管最后的那些场景让她心酸苦涩，百感交集。可还是太少了，远远不够。娜塔不清楚自己为什么想要延长这部电影。她没有去想自己为什么有这种需求。她只是无论去哪儿，脑子里都在播放这部电影，这些画面在她内心烙印，她无法摆脱。现在，无论她看向哪里，它们都会通过她的眼睛投射。

她是着魔了吗？是吧，她显然是着了魔。但不仅如此，她想。这是一种神魂颠倒，一种蜕变，一种预期的彻底改变。它曾经只存在于外部，在远方的风景中，在那些看不见且无趣的东西中，而现在，它住进了她的身体里，它们占据着她、撼动着她。

一切都改变了。一切都被彻底打乱了。

为了自洽，她不得不求助于外部力量。第一次，在他们达成那个奇怪交易的那一天，安德烈亚斯给她注射了毒药，这是事实。娜塔没有察觉到陷阱，但是在她穿好衣服离开时，她也带走了毒药，它在她的血管中持续扩散，给她带来了毁灭性的影响。从那天起，她失去了自由意志，别无选择，只能回去：这种毒无药可解，她需要更多毒药。她没有选择安德烈亚斯，也不想找他：是他强迫了她。她应该反抗，但她无法抵抗他的压迫：她被束缚住了。这是她目前的看法，是她幼稚又魔幻的解释——她知道这种解释站不住脚，但这对于她放弃抵抗起到了很大的帮助。

她问自己，她为什么要抵抗？这样做她能得到什么，又会失去什么？

她选择再次回去，一次又一次地回去。影片的长度持续增长，越来越长。但它始终不够长。

他总是欣然接受她。现在，那已不再是冷冰冰的交易，也不再是五分钟就解决的事情。如今，他们会共度好几个小时，一起入睡，然后重新开始。除非到了离别的时刻，否则暂时的休息只是为了重拾精力。即便如此，这也没有结束，永远不会结束。娜塔从来没有过这样的经历，没有过这样的感受。安德烈亚斯这个男人从她身上发掘出一种全新的、无穷无尽的、让人上瘾的东西。男人到了一定年纪，不是会变得更疲惫吗？可安德烈亚斯却不知疲倦。

不过，他并不像娜塔那么贪婪，或者说，在这种情况下，他不像她预想的那么贪婪。在他的身上，娜塔没有看见其他男人流露出的焦灼和备受煎熬的肉欲，他也没有在卧室门关上以后暴露出隐藏面孔。他更没想主导性爱，没有在那场不经宣战的微妙战争中赢得胜利的欲望——这种想法有时候和阳痿问题有关。她觉得，就性爱方面而言，安德烈亚斯是一个简单、温和的男人。在他们共同经历的过程中，没有痛苦、恐惧或下流，也没有羞怯或侮辱。他们赤身裸体地紧挨在一起，就像是两兄弟。娜塔无须追逐高潮，也不必在边缘苦苦挣扎、乞求怜悯，就能获得快感。她只需要听从身体发出的信号，遵循准确而令人愉悦的指引，就能获得成功，从无差错。她的身体已经本能地获得了这样的智慧，就算他是个陌生人也不重要了。是有一种神秘、神圣、难以理解的智慧将他们连接在一起吗？如果有的话，那一定是一种宗教性的纽带，类似于将教派成员联结的纽带，它将其他人——非信徒者、刚了解该教派的人，以及对它一无所知的人——排除在外。

然而，当两人结束时，他们却无法直视对方的眼睛，随之而来的是尴尬和互不信任的小动作。娜塔暗中观察他，为这个曾经属于她，但现在却突然变得陌生的身体而着迷。她自己的身体也发生了变化，或者可以说是变得完全相反，仿佛轻巧美丽的幻象化作虚无，这让她感到害怕。当她在厨房里背对着他倒水时，或者当他们在老式吊灯昏暗的灯光下相对而坐时，他们的身体就不再是盟友，而是再次变成了敌人。

只要一点触碰，重新靠近彼此，车轮就会再次转动。灼痛与欲望，渴望与眩晕：这就是交替转动的齿轮。

那个疏离、冷漠、不友善的娜塔，现在已经变成一个饥渴的人。她的渴望太过强烈，不得不自我克制，让自己不要时刻都去找他，不要在夜间留宿。他从来没有这样要求过她，但她坚信这样更好：保持着这种禁忌之美，偶尔偷偷相见。虽然她也有些期望安德烈亚斯能够强迫她多待一会儿——或者至少挽留她一下！他总是目送她离去，却从不试图让她改变主意留下来。每当此时，她总会感到一丝失落。

性爱？这只是性爱的问题吗？如果关注肉体之下的事物，关注那持久而猛烈的震颤，一切似乎都指向肯定答案。但她不愿意这样看待它。对她来说，性爱总是次要的。愉悦有时候确实重要，但它终究是次要的：她可以轻易地把它搁置一旁，选择避开它，甚至将它完全从她的生活中剔除。好奇心与冷淡兼具：这就是她的一贯作风。安德烈亚斯和她以前感兴趣的男人截然不同。她喜欢听那些男人的故事，或者和他们一起散步、看电影、喝酒和谈笑。相比之下，她对和他们上床这件事兴趣寥寥。她最终还是会厌倦这些事，但她会最先厌倦上床。她的身体难以驯服，不肯屈从，对触觉保持封闭。有人曾对她说，她很冷淡，这种指责似乎针对她的整个人格，而不光是针对她的身体。

在她小时候，一位男性邻居曾多次对她进行性骚扰。这些经历让娜塔感到困惑，她有些内疚，有些害怕，但最主要的还是困惑。然而，在她设法摆脱他后，她就像什么事都没发生过一样，继续她的生活。那个男人让她坐在他的腿上，在她身上磨蹭，但没有伤害她。娜塔的父母对他非常欣赏，他是个好人，年纪很大——在她的记忆中，他确实年纪很大，虽然他可能还不到五十岁——独来独往，热爱音乐，有着一双和蔼亲切的小眼睛，他的妻子在几年前死于癌症。娜塔没法在父母面前说他的坏话，她觉得自己没有这样做的权利。虽然她开始躲着他，但她确实也很喜欢他。这是否影响了她后来对性爱的态度？娜塔认为没有影响，尽管在类似的情况下，人们常常会说童年的烙印是不可磨灭的。如果确实有影响，确实是那个男人让她变得冷漠又麻木，那现在，一切都因为另一个男人而发生了意想不到的变化。

皮特坚持不懈地给她打电话。娜塔先是说自己很忙，然后又说自己不太舒服，头很疼，脖子和背部也疼得厉害，久坐翻译让她浑身都不舒服。她知道自己的借口拙劣又牵强，但是她想，之后她会向他解释清楚的。尽管日复一日，她始终找不到机会去解释。一天下午，在她准备出门时，皮特出现在她家门口。

"好久不见！"他说道。

他笑着上下打量她，但同时也皱着眉头，像是在解读一个谜题。有没有时间一起喝杯啤酒？他问她。他要去佩塔卡斯买点东西，她可以陪他一起去，然后一起喝一杯。她觉得怎么样？

娜塔迟迟没有回答。突然间，一个如此稀松平常的提议都让她觉得难以应付。她摇头拒绝，然后才开口说话。改天吧，她说。改天？皮特笑了。他来找过她好几次了，却从来没遇见过她，她有什么重要的事非做不可吗？他看她打扮得整齐漂亮，只要拿上包袋就可以出门。她甚至没必要带钱，他会请客。还是说，她要去别的地方？

"我原本只是要去活动活动腿脚。"

"那就跟我一起活动腿脚吧！"

"真的不了，改天吧。我想自己待着。"

他举起双手，表示自己没有恶意。放轻松，他说，他没想打扰她。他从来没想过要打扰。他只是觉得她可能需要有人陪伴，尤其是在度过了她说的那些孤单又痛苦的可怕日子以后。或者她是不是已经有别人做伴了？也许她并没有那么孤独。

"你没必要瞒着我。"

娜塔心中涌起一股不安。皮特说这话时没有任何责备的语气，反而表现得友善亲切，就像是朋友之间在互相调侃。然而，这背后隐藏着一种道德义务的观念：他对娜塔这么好，她不应该对他撒谎。因此，她向他道了歉，承认自己需要给他一个解释，并保证会尽快解释清楚。皮特把手伸向她的手臂，表示和解。没事的，他说着，伸出手指想要抚摸她。娜塔下意识地后退，不想让他碰到她。

"我真的得走了。我会把一切都告诉你的。"她重申道，"我保证。"

"无论如何，你得告诉我细节。"

"什么？"

"我是说，你得告诉我细节。关键的部分我已经知道了。"

"什么事情？"

"你和德国人的事情。"

娜塔感到困惑，而皮特则促狭地笑着。关键部分是指什么？是指她频繁地私下拜访安德烈亚斯吗？这些事情已经传到他耳朵里了？还是说，他指的是背后的事情——比如修理屋顶的交易？

西索在几米外看着这一幕，它耳朵竖起，双眼微眯，姿势庄重严肃。她隐约想到阿努比斯：也许应该给它取名为阿努比斯，那位在防腐之地的胡狼神，尽管他的外表有些奇怪，但始终是一位神灵。皮特打断了她的分神。他又变得严肃，表情沉着冷静。为了突出他所说内容的重要性，他一边捋着胡须，一边说话，仿佛在认真思考。

"亲爱的，这里是拉埃斯卡帕。一个偏僻的小地方。你在期待什么？还指望没人知道吗？我只希望你一切都好。"

"我很好。"

"这就是我希望的。只要你没事，那我就没什么可说的了。忘记我们上次聊过的事情吧。"

"你指的是什么事？"

"上次，你问我他的事情，我说我不信任他。你在套我的话，对吧？"

尽管皮特很快就再次澄清，表示他并没有生气，他完全理解，"只要她一切都好"，他就不会反对，但她还是有些不好意思。

他为什么这么坚持？他说这些话是想警示她吗？娜塔和他道别时，心里隐隐不安，但这并不重要，因为此时此刻，她离开的欲望更加迫切。

然而，这一丝疑虑随后开始成倍增加，逐渐变得沉重。

"从一开始你就喜欢我吗？"

没有，安德烈亚斯答道。他回答时毫不犹豫。他甚至没有假装犹豫：他的否认斩钉截铁、冷酷无情。他补充说，事实上，他几乎没有注意过她。他在路上或者杂货店里见到过她，但她并没有引起他的好奇心。他不太关注周围的人。他总是这样，对所有人都一样，一直以来都是如此。娜塔觉得喉咙疼痛难忍。一种尖锐、剧烈的疼痛精准地穿透了她的喉咙。难以解释。她艰难地咽下口水。

"那么，你可以选择我，也可以选择别的女人。"

明明正值下午，但是卧室的光线却非常昏暗，仿佛即将入夜。他们几乎看不清楚对方的脸。安德烈亚斯思考片刻，然后把目光移向天花板。

"可以是你，也可以是其他女人。我也一样，可以是我，也可以是其他男人。事情总是如此。"

"但如果我……在第一次之后没有来找你，这一切都不会发生吗？"

"可能不会。"

"听你这么说，我真的很伤心。"

他若有所思地微笑。

"我不该让你伤心的。最终，这一切发生了。是你和我，而不是别人。这才是最重要的。"

娜塔想问问他，对他来说什么才是重要的。她想告诉他，如果一切都源于一个巧合——一个像她家屋顶漏水一样，微不足道又平平无奇的巧合——她不明白他们为什么还要继续见面，毕竟交易已经结束了。她知道这很荒谬，但在内心深处，她希望自己是被他选择的那个人，是他经过长期策划以后去引诱的那个人。她希望听到安德烈亚斯说，他从第一天起就注意到了她，他逐渐爱上她，精心策划了一切，只为了能接近她，看到成功的可能后，他不顾风险地投入了这段感情：风流佳话替代了……色情故事？但是安德烈亚斯没有说这些。他只是认真地看着她，就好像她的痛苦是自己虚构的，他最多也只能表示同情，然后视若无睹。

"难道你以前注意过我吗？"最后，他问道，"我们不都一样吗？"

娜塔转身面向墙壁，不想让他看见自己哭泣。一切都始于这张床，她想，始于他说她可以只脱去下半身的衣物，随她喜欢的时候。他曾说，他找她是因为佩塔卡斯的妓女境况糟糕。他是怎么知道的？他找过她们很多次吗？他厌倦了妓女的悲惨境遇，所以觉得接近她是更好的选择？什么样的人才会这么做？

安德烈亚斯靠近她，爱抚她的背，亲吻她的脖子。事实对她来说不够吗？他说道。事实本身还不够明确吗？她为什么还要深挖？她到底想要什么？娜塔没有回答。她侧躺着，双臂紧紧交叉抱在胸前，试图驱赶正在操控她的魔鬼。

周六，娜塔被邻居们在花园里的声音吵醒。他们应该是头一天下午就到了，现在正亢奋地为派对的举行做准备。娜塔听见他们谈论排骨、煤炭和引燃块。孩子们因为一个玩具吵架，发出让人烦躁的尖叫声。娜塔用枕头捂住头。前一天晚上，她很晚才从安德烈亚斯家回来，直到最后一刻，她都在期盼着他能邀请她留下来，然后她再拒绝他。现在，嘈杂声让她难以再入睡。她起了床，但不知道接下来该做什么。桌上摆着她留下的翻译稿，那一页的内容是对沉默的反思，其中法语原文是"我们特定的沉默，沉默的特殊性质"。然而，如果沉默就是不说话，那怎么会有"特定的"沉默呢？所有的沉默不都应该是一样的吗？就像白色永远都是一样的。那么，区别沉默的显然是与它有关的一切，首先是沉默的原因。当性爱结束时，安德烈亚斯的沉默和她的是一样的吗？直觉告诉娜塔，他们的沉默不一样，它们在本质上就不一样。

她听见西索在叫，于是走到门廊，看见皮特站在栅栏门旁边。在他身边，那只好看的母狗摇着尾巴，兴奋得口水直流。他们两人也选择了一种"特定的"沉默，都没有再提起安德烈亚斯。她承诺过要告诉他更多的细节，但仔细想想，她能讲述什么样的细节呢？那没有必要，甚至可能适得其反。

"我要把这个带到小别墅。"他一边说，一边抬起一箱啤酒，"我们在那里见。"

"在那里？什么意思？"

"在秋季派对见……那是为了庆祝……"

他把啤酒放在地上，陷入沉思。他揉着太阳穴，咕哝道，好奇怪。他们没有邀请她吗？她的邻居们每年都会组织一个烧烤派对来迎接秋天。据他解释，那已经成为拉埃斯卡帕的传统了。他们可能忘了告诉她。

"需要帮你提醒一下他们吗？"

娜塔强烈拒绝。

"我在乎那个派对干吗？我在那里可有可无。"

但是皮特似乎不太高兴。他坚持要在其中说项。社区里的每个人都友好相处，这一点非常重要。说到"社区"时，他微微扬起眉毛，显得格外庄重。

"得了，肯定不只我一个人没有被邀请。他们肯定也没有邀请吉卜赛人一家和罗伯塔。他们也没必要邀请所有人，对吧？"

"去吧，"皮特反对说，"这不一样！"

"都一样。假设真的不一样，那我就更不高兴、更不想去了。"

实际上，娜塔并不在乎她的邻居。每每看到他们表现得好像小别墅真的如庄园一般美丽，她都会嗤之以鼻。对于他们整天强装幸福，还强迫孩子们展示快乐的行为，她也极为不屑。然而，她的一部分——像是两栖动物或是爬行动物的那一部分——对于他们排斥她的态度感到奇怪。这是为什么？她哪里得罪了他们吗？

之后在和安德烈亚斯说起这件事时，她突然难以自控地打开了话匣子。然而，在皮特和他面前，她都装得毫不在乎。她坚称，尽管她对他们这样排斥她而感到吃惊，但她并没有生气。他们可能是不喜欢她的生活方式。他们应该不喜欢她独自居住，没有会给她修剪草坪的丈夫，三十多岁了还没有孩子，也没有生孩子的计划，不关心拉埃斯卡帕的排水系统，也不关心他们之前和朋友热烈讨论过的教育体制的有效性。她几乎可以确定，他们知道安德烈亚斯的事情，知道她和他的……友谊——她稍作迟疑，找了个恰当的词。她相信他们对此有不少非议。

"他们就不能是单纯地忘记了你吗？"安德烈亚斯打断她。

娜塔觉得他是在指责她，虽然她不太清楚他在指责什么。夸大其词？被害妄想？还是以自我为中心？不，他们没有忘记她，她说。他们不可能忘记她。他们是邻居，就住在隔壁。他们之前也邀请过她好几次。她只能认为他们不喜欢她。

"可你不是也不喜欢他们吗？"

"对，确实。"

"难道你会邀请他们吗？"

"我甚至不会举办烧烤派对。"

安德烈亚斯笑了。

"那你还在意什么。你们压根聊不到一起去。"

整个拉埃斯卡帕都知道了她和安德烈亚斯的事情。正如皮特警告过她的，在这样一个小地方，在这样一个小"社区"里，假装这件事情没有在几天里传得尽人皆知，未免太天真了。她去杂货店时，发现女孩对她的态度与以往不同，更加冷淡，仿佛受到了她的冒犯。女孩的妈妈也是如此，她以前会从店铺后室出来跟她打招呼，现在却明显躲着她，钻到储藏室里假装忙碌。在胖子酒吧，她还得面对佩塔卡斯的泥瓦工们的窃窃私语和注视，他们对她指指点点。娜塔感到沮丧。为什么所有人都对她有敌意？为什么一切都那么复杂？甚至连房东也好像知道些什么——也或者这只是她的臆想。在他来收月租的那天，他大声拍门，嘲弄地指着水落管。

"做这事的人自己心里有数。"

一种模糊的可能性在娜塔脑中闪现。也许房东不仅知道她和安德烈亚斯的关系，还知道这段关系建立的条件，以及他们之间那一连串听起来牵强甚至荒谬的前因后果。但是房东没再多说什么。他没有提出要为娜塔报销修理费用，也没有向她表示感谢。他只是拿起信封，然后向她问起西索的情况。他说，那个牲畜怎么样了？"牲畜"。娜塔最近在翻译时遇到过这个词语很多次——法语的"牲畜"。不过，房东用这个词的含义与法语的有所不同，它带有轻慢的意味。

"它很好。"

"是吗？我倒是想相信，可我从来没见过它。"

"因为它躲起来了。"

房东大笑起来。

"它躲起来了？现在它还躲起来了？它在躲着谁呢？我吗？真有意思！"

"我没说它躲着谁。我只是说它躲起来了。它是一只热爱孤独的狗，自得其乐。"

"自得其乐"：一个有力、骄傲的表述，赋予狗以尊严。更恰当的说法应该是西索性格孤僻，脾气不好。然而，这样说是在他们之间的斗争中向房东妥协——这场斗争发生在另一个层面上，发生在话语背后。

"因为这样，因为它自得其乐，所以你晚上把它拴起来？"

娜塔脸色苍白。他怎么知道？他晚上也在附近徘徊吗？在回答时，她的下巴不由自主地颤抖起来，就像她小时候撒谎被识破时一样。

"我把它拴起来，是因为我不想让它和其他狗打架。每到清晨，那些狗就跟疯了似的，同时狂吠起来。"

"疯了？姑娘，它们是狗！你想让它们做什么？它们只是吠叫而已！把狗拴起来是最糟糕的做法。狗需要四处走动，奔跑打闹，追求母狗。你这么限制它的自由，会把它弄疯的。"

"奔跑打闹""追求母狗"。这就是他晚上在拉埃斯卡帕晃悠时做的事吗？娜塔感到胃里空空，双腿发软。她多么希望自己能有力气立即把那个男人从家里扔出去。然而，她没有力气。她只能安静地等着他离开。

她仔细分析安德烈亚斯的言行举止，留意他说话的语调，他坐在她身旁的方式，他在两人之间留出的沙发空位。她像在进行严格的盘点一样，记录下他触碰她手的次数，看她的次数——即便那非常短暂，她向他倾诉时，他给予的关注程度，还有他声音的起伏变化——以此来判断他是友善还是不耐烦。在她看来，他做得总是不够。比如说，她觉得每当他们在床上入睡时，他总是很快就和她分开，或者只是短暂地拥抱她，然后马上就翻身，进入深度睡眠，完全将她排除在外。她看着熟睡的他，心想：他怎么能这样？他怎么能忘记她就在他身边？娜塔断断续续地睡着，每次只能睡几分钟，纯粹是因为极度疲惫才短暂入睡，随后她会立刻惊醒，痛苦地发现他们并未紧挨着，而是各自占据着床垫的一边，甚至没有任何身体接触。

用餐时也是如此。娜塔觉得喉咙仿佛被异物堵塞，让她难以吞咽，甚至连咀嚼都费力。然而，她却发现他吃饭时津津有味，使用刀叉的时候，他的视线会从她身上移开，专注于餐具和餐点。娜塔想知道，在那些瞬间，他脑子里在想些什么。他会不会忘记她？他是因为饥饿而忽略了她吗？他们之间的反差太过鲜明：她连一秒钟都没法离开他。

有时她会感到愤怒。她丢失了自我，被他完全占据，温顺地"让他进入"。而他呢？他给了她什么回报？他表现得对一切都无动于衷，几乎不受任何事物的影响。她向他倾诉私事时，他只是静静地听着，不发表评论，不深究细节，也不展开解读。这种尊重的态度正是她想在别人身上得到的，可放在安德烈亚斯身上，却让她感到挫败。这是因为他性格本就谨慎保守吗？也许他不想表现得太爱多管闲事？还是说，他真的不感兴趣？他很少谈及自己的事情，聊天时只谈论外部事物，聊那些无关紧要、和他们无关的话题。他那种平淡、冷漠的语气，让娜塔奇怪地感到屈辱，就像她追逐的人完全不想了解她，她可笑地小跑着追逐，而前方的人却对她的存在毫无察觉。

而有些时候，她又会放纵自己沉醉于当下的欢愉，觉得自己幸福得快要爆炸。当他们手牵手，仍处于恍惚之中，逐渐从愉悦中平静下来时，她感到一阵飓风将她席卷，把她带入另一个世界。当安德烈亚斯起身时，她把脸埋进床单，摸找着他的汗水，几乎是流着泪，一遍又一遍地喃喃呼唤他的名字。她告诉自己，没有谁能比他们两人之间的关系更加紧密。也许他是对的。也许最好别去深究这种朦胧的感觉，不要试图去理解它，以免破坏它。

幸福的不安——这个想法一直在她脑中回荡：这种幸福本身就蕴含着自我毁灭的种子。

一天，她向他问起那只母猫的名字。李，他回答说。李？就叫作李吗？当然了，"L-i——李"。它没有姓氏吗？

"为什么叫李？"她执着发问，"有什么意义吗？"

"没有，哪来的什么意义。"

"挺好听的。"她低声道，但她只是随口说说，以避开自己犯了错误的感觉，尽管她不知道自己犯了什么错。

她很难和安德烈亚斯进行更加深入的交流。她向他提问时，他的回答听起来总像是话题的终结，提前暗示他不想继续讨论这个话题。也许他说话的独特之处并不像娜塔之前所想的那样，是音节的急促，而是他隐藏在发音方式之中的断然、自信的语调。

她用余光看他，他仰卧在床上，闭眼休息。在他终于睡着后，她用一侧肘关节支撑起自己，贪婪地仔细观察着他。她在他的脸上寻找先人的痕迹——土耳其人、德国人——那些她不了解的人，因为他从来不提及自己的过去。她解读着他的五官，察觉到一种明显的庄严：她想，他的脸就应该是这样的，没有其他可能。单独来看，他的五官缺乏美感，甚至有些粗犷：鹰钩鼻，粗硬灰白的胡髭下嵌着的嘴唇，以及让眼窝更显凹陷的紫色阴影。但整体来看，却令她痴迷。

必须得像她这样看他，才能看到这张别人难以看到的脸庞：饱满、刚毅、充满秘密。这是一张让人不安的脸。

无法触及他眼帘背后的东西。

近来，安德烈亚斯疏于打理菜园。就连对种植一窍不通的娜塔也能看出问题。虽然在下雨天可以不用浇水，但也不能完全依赖雨水：很多蔬菜正因为过多的水分而死去。灌木积水，嫩芽腐烂，树枝因为没有得到妥善引导而失控、扭曲地生长，闯进来偷食李的粮食的猫咪翻动了泥土……这就是菜园的现状。自从他们在一起之后，安德烈亚斯就只摘取自用的蔬菜，不再给邻居配送，至少据她所知是这样的。当她问他的时候，他做了个表示无所谓或漠不关心的手势。菜园是最不重要的，他后来说道。他迟早会放弃它。

　　"那还真可惜。你种的东西都很好。"

　　安德烈亚斯点头。确实，都很好，他说。或者说是曾经很好。但现在是时候去做些别的事情了。

　　别的事情？刚开始，娜塔以为他指的是她——指的是他和她一起度过的时间——但她的直觉立马告诉她事情并非如此，让她警觉起来。

　　安德烈亚斯一边卷烟，一边向她解释说，他的一个朋友—— 一个熟人，他纠正道——去年在佩塔卡斯开了一家测绘公司。起初他独自经营，但积累了规模适度的客户群以后，需要更多的人手。所以他将会作为测绘师和他一起工作。实际上，他下周就要开始上班了，只剩几天的时间了。他说，他对这件事没有抱太大期望，但是无论城镇多小，都没有一个城镇的政府不以城市规划项目和公共项目为傲。基本都是这类工作：源源不断的小型项目委托。他眯起眼睛，沉默地吸着烟。显然，他已经说完了。

娜塔听着他说的话，惊讶得瞠目结舌，她听见了一些从未想象过会从他口中说出的术语，比如"规模适度的客户群"或"城市规划项目"等表述。安德烈亚斯不就是个乡下人吗？现在，突然之间，她必须得设想他受过教育，有学识，有文化，诸如此类她之前未曾预料到的事情。她心中涌现出无数疑问，想要问他，却欲言又止。测绘师到底是做什么的？他们测量地形吗？他们绘制地图吗？他们使用什么样的仪器？卷尺、水平仪、罗盘、全球定位系统？他们和谁合作？政府官员、泥瓦匠还是企业家？她很难想象安德烈亚斯处理官方文件或者撰写报告的样子。光是想到他可能会使用电脑，她都觉得很奇怪——因为他家里没有电脑，就连他的手机也异常简陋。

她忽然提出一个出人意料的问题，显得非常唐突。

"但你之前学过这个吗？"

安德烈亚斯抬起了头，严肃地注视着她。在回答时，他皱了皱眉。当然学过，他说。他曾经在卡德纳斯学习地理，那比她想象的要早很多年。她很惊讶吗？她觉得一个测绘师应该长什么样？她真的以为他只会种菜吗？他笑了起来，但他的笑容像是来自一个遥远的地方，一个娜塔被驱逐出去的地方。娜塔向他道歉，走出门去，蹲下身来刨着泥土，有些动摇。皮特没告诉过她这些，他只是贬低安德烈亚斯，说他干活不细致。他是不知道这件事吗？还是说他假装不知道？她突然产生了一种不恰当的邪恶想法：安德烈亚斯想离开我，这一切都是谎言，只是他从我身边逃离的借口。以后真的会出现她去他家找他，而他却不在家的情况吗？会出现他假借工作之名在外面待好几个小时，而她却欲火焚身，徘徊着等待他归来的情况吗？她无声地扒拉着泥土，用手指捏住了一条湿润、发光的红色蚯蚓。她心中茫然无措，甚至不觉得蚯蚓恶心，任由它爬上她的手掌。

因为这份工作，他们的相处时间比之前少了许多。安德烈亚斯一般只在上午外出，但他有时候也会整个下午都在外面，而且这种情况发生得越来越频繁。娜塔依旧在日落时分去看望他。他们一起上床休息，共进晚餐，然后她回到自己家里睡觉，恪守她之前给自己定下的规矩。他很少和她分享自己在佩塔卡斯的新工作的情况，而她也不会过问，因为她不想显得太没眼色或是太过无知，此外，一种让人费解的罕见谨慎让她更倾向于保持沉默。当然，他们也会谈论其他事情，通常是在床上或者准备晚餐的时候，但他们谈话时总是小心翼翼，拐弯抹角。随着时间的推移，他们养成了先吃晚餐再上床的习惯；娜塔因为这种变化感到失望，还伴随着一种轻微但尖锐的疼痛，因为这意味着他们不再急迫，他们失去了最初拥有过的那种迫切、激烈、不容片刻拖延的欲望。而现在，娜塔想，食欲胜过了他们对彼此身体的渴望。

和安德烈亚斯之间的距离对她而言太过沉重，令她难以承受。她完全无法翻译，虚度的光阴演变成猜疑滋生的土壤。为了避免这种情况，她主动提出要帮老华金照顾他的妻子和房屋。他们很快达成了协议：娜塔每周去他们家几次，而且每天都会帮他们购买生活用品。在工作日，她会帮华金给罗伯塔洗漱，帮忙拖地、洗碗、洗衣和做饭。虽然报酬不多，但总比没有强。

为了转移注意力，她还会去皮特家里。他们找回了最初的融洽，虽然现在为了避免谈及某些话题，他们只做一些琐事，通过看电影或者玩文字游戏来娱乐。这让娜塔能够真正感到开心，像个孩子一样沉浸其中。和她所预料的不同，皮特没有指责她放弃了智力劳动——那项他曾经赞扬过的翻译工作——反而去做一个实用但不太起眼的活计，即照顾一对老人。相反，他支持她的决定，因为这和他的社区理念相契合。娜塔不知道他是真心这么想，还是只是想讨她开心，但她意识到，她在卡德纳斯的朋友们或她的家人都无法忍受看到她这样，就像她妈妈以前常轻蔑地说的那样，变成一个清洁工或者"女仆"。他们会说，你读书就是为了做这些吗？像发情的母狗一样等待一个几乎不认识的男人，给一个半疯的老太太洗澡，独自入睡，只有一只在夜晚时还得拴着的狗做伴。她到底选择了什么样的生活？这就是她所谓叛逆的目的吗？

一天，她不慎陷入忏悔之中，受情绪的驱使，向安德烈亚斯倾诉了她第一次去皮特家吃晚餐时分享过的那些故事。她谈及自己放弃的工作，无缘无故的偷窃行为，对怜悯和宽恕的拒绝，以及她那没用的骄傲。听起来很矛盾，但也许正是安德烈亚斯的沉默鼓励着她继续讲下去，她开始使用越来越含糊、与故事无关的词语，比如"过失""缺席""困惑"，或者"眩晕"。安德烈亚斯没有回应，而她继续说着，逐渐出神，仰卧着凝视天花板，凝视那个她熟悉至极的灯泡——它没有灯罩，布满灰尘——还有那根黑色的电线。

直到说完，她才发现周围的寂静变得格外沉重——空气陈腐，李在脚边打着呼噜——娜塔注意到安德烈亚斯缓慢的呼吸，他躺在她身旁一动不动。突然之间，卧室、那只猫、她自己的身体，一切都显得不真实起来，像是玩具一样，迷你且微不足道。她甚至开始怀疑他是不是已经睡着了，然而并非如此，他睁着眼睛，眼神空洞，难以捉摸。

"你对此有什么看法？"她问道。

"对什么事情？"

"对我刚刚告诉你的事情。你一直不说话。你是怎么想的？"

安德烈亚斯坐起身，目光冷硬地看向她，他的双眼——犹如玻璃一般，或如死人一般的双眼——透露出一种她从未见过的阴沉。他的语气冷漠，出人意料地严厉。

"你是随口问问，还是真的想知道？"

有那么一瞬间，娜塔以为他是在开玩笑，但很快，她发现他的眼神没有变化，下巴也依旧紧绷没有放松，她明白，他绝对不是在开玩笑。

"你有没有考虑过他人的生活，考虑过真正困扰着他人的问题？"

"我不明白你在说什么。这和我说的有什么关系……"

"有关系。当然有关系。"

安德烈亚斯就像一个被要求重复刚才听过的事情的孩

子一样，重述着她刚才讲过的故事，虽然他的声音和用词让一切听起来都空洞浮泛，近乎荒诞，而且无足轻重：她曾经有份不错的工作，却不知为何偷了一些东西——当然，是一些她不需要的东西——虽然她犯了错，但她也得到了原谅，然而，尽管如此，她还是决定辞去工作，来到拉埃斯卡帕，然后在这里找到了另一份工作，也就是在那对老夫妇家干活，而他们会付她报酬。是这样吗？

"对，差不多是这样。"娜塔冷冷地说道。

"那你觉得你有权利发牢骚吗？"

"我发牢骚？不是这样……你没明白我的意思。"

"你不知道有些人是因为温饱问题才被迫去偷窃吗？不知道每天都有人丢掉工作，无缘无故地被解雇，或是仅仅因为一时的疏忽就被开除？他们原谅了你，你却还在抱怨？"

"我没有抱怨！我说的是另一件事！"

"那你说的是什么事？"

然而，她却无法作出回答。躺在她身边的那个赤身裸体的男人，刚刚与她一同到达极乐的男人，现在却成了一个全副武装的陌生人。向来不动怒的安德烈亚斯在接下来谈起了他的母亲，仿佛只有愤怒才能让他吐露心事。他告诉她，他的母亲是库尔德人，来自伊拉克北部。在年轻的时候，她因为一场战争——无数战争中的一场——被迫流亡，她抱着一个婴儿，也就是他，步行了几天几夜，逃到土耳其。她在德国忍饥挨饿，受尽苦楚——他不打算详述那些苦难——即便如此，他说，他的母亲也从未偷盗过任何东西。她是位善良、慷慨、勇敢的女性。她从来没有说过一句怨言。

"抱歉。"娜塔低声说道。

"你为什么抱歉？是为了我母亲的遭遇，还是为了你的无病呻吟？"

"我为你母亲的遭遇感到难过。但你似乎在责怪我。我的故事和她的故事毫无关系。"

"没有人在指责你。这只是有没有心存感恩的问题。你吃着碗里的，还看着锅里的。"

"你指的是什么？"

"总体而言，你就是这样的。"

"你对我了解得还不够！你怎么能这么说？"

"是你问我在想什么的。你告诉我，你想知道我在想什么。而这就是我的想法。不要把它当作一种攻击。毕竟，这只是一个想法。"

娜塔忍不住想哭。一个埋天怨地的人，一个不知感恩的人，这就是安德烈亚斯对她的印象吗？还是说她真的是这样的人，只是她之前没有意识到？她非常后悔说出了那些事，仅仅因为说了那些话，她就倒退一步，丢了分数。现在，安德烈亚斯看到了她令人反感的一面。她会因此失去他。

她躺在床上，发现两人之间出现了裂痕。

两人乘坐安德烈亚斯的面包车去往厄尔格劳科。是他提议去逛逛的——周日他正好有空。娜塔认为这个提议意味着他们之间的关系已经不再局限于卧室的四壁之内。对她来说，和他一起去户外很奇怪。她突然觉得，和他并肩同行似乎是比躺在他床上或在他面前赤身裸体更加亲密的行为。感受着他在她身边开车也让她神魂颠倒。看见他换挡时，她会因为欲望而战栗——他握住换挡杆，手攥成拳，那些抚摸她的手指而今正在触摸别的东西。她用余光欣赏着他的侧脸，他的眼镜滑落、鼻子的轮廓显得严肃又骄傲。她任由自己被一种强烈而贪婪的愉悦裹挟，但她立马努力控制住它，因为她明白这种愉悦会以痛苦告终。她想，这就像是奔跑太久以后，双腿不再听使唤。

他们走的是一条非常狭窄的土路，尽头是一个观景台。他们把面包车停在一边，步行走完最后一段又陡又滑的坡道，两旁都是荆棘丛，每走一步都会被钩住衣服。娜塔抓挠着腿肚子，感觉头顶上有小虫子飞来飞去，嗡嗡声不断，让人心烦意乱，她气喘吁吁，疲惫不堪。安德烈亚斯一直没有伸手帮她。他领先她几米，坚定前行，没有回头看她一眼。娜塔的喜悦已经彻底烟消云散了，现在她想知道，他们在这里究竟错过了什么。以前，他们压根不愿意下床，不会像这样浪费时间。而现在，他们真的需要这样的郊游吗？

但是这些努力都是值得的。在山顶上，娜塔看见了她从未想象过的田野景色，在拉埃斯卡帕周围，白色和褐色的小房子、农舍、庄园星星点点散落，间断出现的小溪在某几处闪闪发亮。这就是距离产生美，她想。她放任自己陶醉于山野的气息中，陶醉于山楂树、接骨木和迷迭香的气息中。他们接吻，他抚摸着她的脸颊。

"你好美。"他说。

娜塔看着他，突然心生感激。然而，安德烈亚斯在镜片后的双眼再次变得空洞、疏远，那嗡嗡声仍旧在四周回荡，仿佛是来自她的头脑深处。几只红隼在他们头顶盘旋，安德烈亚斯专注地看着它们。它们正在捕猎，他说，它们能够在空中盘旋好几分钟，直到发现猎物。但他的声音很小，几乎像是自言自语。他们站在一个陡峭的山坡边缘，她想：这里只有我们两个人，他可能会把我推下山崖，抛下重伤的我独自离开，而我无法回去，没有人会知道我在这里，也没有人会发现我不见了。这个念头突然涌现，就好像它并非来自她自己。也许正因为如此，因为这个想法是从外部袭来的，它才显得如此真实，如此迫近。

安德烈亚斯把水壶递给她。

"这是凉水。"他说，"对你有益。"

他注意到她的恐惧了吗？娜塔再次心生感激，她喝了一口，感觉自己得到了净化，凉水入喉，冲刷掉了不信任的毒药。她差点向他道歉，但为什么要道歉呢：他永远不会理解的。

在她几乎要将房东彻底遗忘时，他又出现了。他像往常一样凝视着她，目光落在她的身体上——尤其是她的胸部，彰显着他的权力与无礼。娜塔没有准备好现金。她通常会在佩塔卡斯的一台提款机上取钱，但这次她忘记了。她向他道歉，告诉他她工作太忙了，没有预料到他会这么快就来收钱。时间过得太快了。他斜睨着她，嘴唇紧闭，几乎抿成了一条线。

"你的朋友每天都去佩塔卡斯。其实他可以帮你取钱的。"

你的朋友：面对这种有意曲解的侧面暗示，娜塔无法做出反应。

如果他能和其他房东一样，允许她通过转账支付房租，或者至少在来之前提前通知她，不要像这样手里拿着账单突然出现，好像她除了把金额精准的现金装进信封里等着他以外，没有其他事情要做，那这一切都不会发生。但这些都是她在事后才想到的论点。现在，他嘲弄的表情占据了上风。他的嘴唇紧绷，目光闪烁着光芒，双臂傲慢地交叉在胸前。

娜塔再次道歉，告诉他稍等片刻。她走到一旁，打电话给皮特，向他借钱来凑足费用。尽管她声音很低，但房东还是听到了他们的谈话。

"他对你言听计从。"他嘀咕道。

皮特愿意借钱给她，并表示如果她需要，他可以立刻把钱送过来。娜塔犹豫了一会儿。她不想让皮特看到房东是如何对待她，如何提出侮辱性条件的。

"不，不用麻烦你了。我自己过去拿。"她说完，挂断了电话。

接下来，她试图提振精神，要求房东稍后再来。最多十五到二十分钟。

"我不会耽搁太久的。"

"我最好还是待在这里，这样我还能休息一会儿。"

娜塔试图组织语言，但是没有成功。她脑袋开始发晕。

房东笑道："怎么了，你不信我？"

他坐在沙发上，环顾四周，脸上带着细微笑意，故意让她注意到他在观察房子里的东西。娜塔没有抗议，匆匆离去。

"我不会去太久的。"她再次说道。

她回来时还在发抖。房东乐呵呵地数着钞票，慢慢地将它们叠起来，塞进衬衫口袋里。娜塔感觉房子里充满了他的气味，这种气味刺鼻难闻，在空气中挥之不去。他走后，她仔细地检查，确保他没有碰过任何东西。一切似乎都井然有序，除了那些被他翻阅过的杂志。她的床单皱巴巴的，但或许之前就是这样的，她不记得了。她把杂志扔进垃圾桶，将床单放进洗衣机里，以六十摄氏度的高温煮洗，之后，整个上午她都在打扫卫生，开窗通风。

尽管娜塔现在给西索的关注很少，但它改变了许多。娜塔晚上不再拴着它，它也以忠诚回报这种信任，每晚都会睡在她的床边，陪伴在她左右。她想，也许她应该考虑给西索换个名字。无论她给西索取这个名字的初衷是讽刺还是表示亲昵，这个名字的含义都是"不讨喜的，令人生厌的，让人不快的"。兽医警告过她：动物不懂得讽刺。

另一方面，她又觉得没有必要改名字。几乎没有人知道这个含义。和"西索"拼写相同的那个词语只会在某些特定地区和环境中使用，比娜塔原先以为的要局限得多。因为她认识这个形容词，所以才觉得这个形容词很常见，因为她经常用它，所以才觉得它很常用。直到她发现皮特也不知道它的含义，才知道这个词的局限性。在之后，她证实连词典里都没有收录它的口语词义，只有一个比预想的更讨人厌的学术性解释："来源于拉丁语'sessus'，即西班牙语'asiento'，1. 阳性名词，肛门和直肠下部。"

尽管如此，如果没有人知道，那又有什么关系呢？

这只是一只狗的名字而已。

李在屋子里焦躁地来回走动，发出不同于以往的喵喵叫声，低沉又可怜。娜塔观察着它，发现它这几天胖了很多，心想，它不会是怀孕了吧？后来，她向安德烈亚斯问起这件事，他轻笑起来。

"这也不是第一次了。我前妻把它留给我的时候，跟我保证它已经绝育了。不过你看，它又开始变胖了。"

娜塔呆若木鸡。他的前妻？她没听错吧？风拍打着百叶窗，预示着暴风雨的到来。第一滴雨已经打在棚顶上，突如其来的黑暗将他们笼罩。她不应该让那些声音和光影——那些记忆——被毁掉，不应该让那些东西现在所代表的意义变得与过去完全相反。

安德烈亚斯正在修理电视机的接口。他们在吃晚餐时，偶尔会看这台老式电视机，上面总会有条纹跳动，导致图像扭曲。可能是因为他没有看着她的脸，而是背对着她专注于另一件事，娜塔才敢继续提问。

"但李不是你的猫吗？"

他漫不经心地回答："伙计，我想现在不会有人来把它要回去了。"

"我不知道你之前结过婚。"

"当然，你怎么会知道？"他转身拿起一把螺丝刀，"那已经是很多年前的事情了，在我来这里生活之前。"

"那……发生了什么？"

"能发生什么……不过是些老生常谈的事情。我们无法理解对方。她很年轻，我们之间的年龄差距很大，我想应该相差了二十多岁，她想要的东西，我无法给予。"

"比如什么东西？"

"我怎么知道。这只是一个笼统的说法。比如旅行、孩子之类的。那些我毫不关心的东西。所以她厌倦了，选择了离开。"

娜塔坐在沙发上，一边摸着李，一边看他拆开电视机。李。如果这只猫不是他的，而是他前妻的，那么毫无疑问，是她给它取的名字。现在她明白为什么安德烈亚斯跟她说这个名字毫无意义了，而事实上，这个名字意义重大。他当时为什么不告诉她真相？突如其来的嫉妒让她羞愧难当：她一直以为自己不会有这种低级的情绪。可现在是谁在操纵她的痛苦？是谁让这种事情——一个她几乎不认识的男人的过往——伤她如此之深，凌驾于她自己的信念和思想？

让人困惑的是，她觉得自己受到了欺骗。她之所以接受修补屋顶的交易，就是因为她所幻想的安德烈亚斯的形象，而如今这个形象已经完全模糊了。她被自己建立起来的安德烈亚斯的形象——或者可能是他想给她展示的形象——所吸引：一个没有改变的机会，很长时间都没有和女人在一起过的——这是他亲口告诉她的！——乡下人；一个失去了魅力——如果他曾经有过魅力的话——不得不提议以物易物的男人，就好像他生活在一个原始的村庄里，不懂得基本的礼仪准则；一个可能从未离开过这里，即使出去，也只是为了运送自己种的蔬菜的男人；一个没有文化，自幼住在乡下，像流浪狗一样本能地适应任何地方的粗人；一个像门前的乞丐，卑微而笨拙地请求她"让他进入"的独身男人。他的经验不足让她显得崇高而强大。对她而言，他的不足正是他的珍贵之处。

可是，这个男人读过大学，在城里生活了很多年，结过婚，娶了一个年轻貌美的姑娘，又离了婚。他按照常规的生活轨迹正常过日子。那为什么他和她的关系就不正常呢？

第一声雷声轰隆响起，她看着他湿漉漉的后颈，看着他摆弄电视缆线的样子。她咽下口水，没有再说什么。她能说什么？他似乎不太想解释。

她专注地控制体内滋长的想法，尽可能地斩断它们的枝蔓。自从她认识安德烈亚斯以后，一切都和她原先设想的截然不同。安德烈亚斯一个接一个地消除了她所有的偏见，从她毫无防备的内心一铲又一铲地挖出她的自信心。她变得越来越渺小，而他变得越来越强大。她越来越依赖他，而他却变得更加自由。

她没法再承受任何意外了。因此，她不敢再说话。

那天将是第一个她无法通过欲望来遗忘的日子。她第一次在两人赤身裸体时心不在焉，第一次需要努力让自己不要兴致索然，第一次身体迟迟没有反应，第一次夸大快感，第一次性爱变得悲伤、痛苦、令人窒息。

皮特打开一瓶葡萄酒，给娜塔倒了一些，但她心不在焉的，迟迟没有举起酒杯，仿佛她不知道酒杯里装的是什么，也不明白举杯有什么意义。

皮特说着玩笑话，想带她去他家。她无力地跟着他走。那些她曾经觉得有趣的笑话，那些她用来逃避现实的、无关紧要的笑话，现在听起来枯燥乏味，甚至愚蠢透顶。她为什么会在那里，会在皮特家里？只是为了打发去安德烈亚斯家之前的时间吗？皮特以审视的目光看着她，问道：你还好吗？好，一切都好，娜塔回答道，一切都好，她重复着，但笑容里的紧绷却戳穿了她的谎言。

她觉得承认自己的不安就相当于接受了一个她实际上并未预料到的事情。又或者她内心深处早已预料到这一点，这样的话，就更难反驳了。

如果就事论事，不加个人注解，那就没什么客观事实可抱怨了。她要跟他说什么呢？说安德烈亚斯从前结过婚？说他现在在佩塔卡斯工作？有一天——就只是一天——当她征求他的意见时，他指责她不知感恩？

高声诉说她的痛苦——她那可笑的痛苦——会令她更加脆弱。然而，不倾诉，保持沉默，也不会让痛苦消失。

他们坐在门廊上，被玻璃屏风遮挡住。在黄昏的余晖中，厄尔格劳科的轮廓渐渐隐去，很快就会被黑暗完全吞噬。娜塔凝望着它，凝望着那座她和安德烈亚斯不久前攀爬过的山，努力地将它的模样镌刻在心。皮特把烟熏鲑鱼、奶酪、香肠，还有用彩碗盛着的辣味沙拉放在桌子上。他总是那么周到细心！安德烈亚斯从来没有为她准备过这样的晚餐。他不会为任何人准备这样的晚餐，包括他自己。

娜塔难以自控，焦躁不已地问道："你知道安德烈亚斯结过婚吗？"

"我吗？我怎么会知道！他有点自闭，什么都不和别人说。你是怎么知道的？他告诉你的吗？"

"他前几天偶然提起的。"

"我不太相信他会偶然做些什么或者说些什么。他会告诉你一定是有原因的，他一定有所求。"

娜塔沉默不语。她想，最好在皮特开始含沙射影之前结束这次对话。虽然他已经咬住饵料，不会轻易放手了。

"他和你说什么了？"

"没什么。就说她是个比他年轻的女孩，比他小二十岁之类的。"

"二十岁！"皮特吹了个口哨，笑起来，"真不愧是德国人！"

娜塔被这口哨声深深刺痛。为了掩饰情绪，她端起酒杯一饮而尽。她不该说这些的，但现在已经无法回头了。

结束谈话的唯一方法就是找借口离开。

"你怎么了，娜塔？你生气了吗？"

她再三否认，拉着他的手证明自己没有生气，保证一切安好。但是晚餐呢？难道她连尝都不尝就要走了吗？无论她如何解释，她这样突然的离开都不太正常。

娜塔对此再清楚不过。她深知自己的行为反复无常、粗鲁无礼，在外人看来难以理解，或者相反，她的行为太容易看懂了。但她无法自控。她确信自己已经开始走下坡路了。剩下的日子也只能走下坡路了。

她在半夜突然醒来，再也无法重新入睡。她想起安德烈亚斯的话，在一片寂静中，这些话变得越来越尖锐。"相差很多岁。""她想要的东西，他无法给予。""比如旅行、孩子，他毫不关心的事情。"

娜塔曾以为自己在安德烈亚斯面前是强大的。他比她大十二岁，被她的年轻活力所吸引，一想到这一点，她就觉得很开心。这提高了她的地位，增加了她的市场价值。但是她又一次误判了。

她一直认为，无论男人多大年纪，都会被年轻的女人吸引，这是一个没有争议的事实，但她从未像现在这样将这件事情视为一种威胁。无论一个女人多么年轻，总会有比她更年轻的女人。她以前从来没有从竞争的角度思考过这个问题。但现在她开始这么想了。

她想起杂货店的女孩。

安德烈亚斯有时候会开着他的面包车带她去佩塔卡斯，据说她会趁此机会去下订单或者取回订购的商品。杂货店的女孩非常年轻，几乎可以说是少女，但是看样子她的年龄已经不会构成障碍，而是恰恰相反：成了一种动力。娜塔记得安德烈亚斯开车时激发的燥热。他一个简单的换挡动作就能够唤起人的欲望——他的前臂紧绷，有力的拳头紧握着控制杆——他的目光从后视镜转移到前方，她永远也逃不过他那坚定的眼神。面包车内氛围亲密，他们处在同一片浓郁的空气中，一起吸着香烟的烟雾。杂货店的女孩并不漂亮，但她身上有一种诱人的冒险气质，最重要的是，她渴望逃离，她感到厌倦，她渴望尝试新事物。他会不会有一天也请求她让他"在里面待一会儿"？甚至他会不会在问娜塔之前已经问过她了？如果安德烈亚斯需要的只是一点儿女性的温暖，她不是也可以吗？还是说，事实上那个女孩是更好的选择？是不是因为她还未成年，他才悬崖勒马？如果她不是未成年人呢？他会不会已经向她提出请求了？

娜塔不明白为什么安德烈亚斯会主动提出带她去佩塔

卡斯。他对谁都爱搭不理，却唯独对这个女孩不同，就好像给那家该死的杂货店帮忙是他的责任一样。娜塔得出结论，感到浑身发冷，那刺骨的冷气从她体内升起，从她胸腔和背脊之间的某一点升起。

安德烈亚斯为什么和她在一起？是因为他没有更好的选择了吗？还是因为她最唾手可得？

一旦某个深信不疑的认知被颠覆，那么为什么其他认知不会全部都被推翻呢？

她的眼神变得多疑，再也无法控制。我快要疯了，她低声道，用灼痛的双眼环顾四周，在房间的黑暗中，这个私密的空间不但没有保护她，反而背叛了她，出其不意地攻击了她。

她回想起经常做的那个梦，梦里一个男人闯入她的房子，而她被绑在床上，毫无还手之力，她始终没能看清过那个男人的脸。或许那个男人并不像她之前以为的那样代表着房东。也许那是一个预兆。

她和安德烈亚斯的关系从一开始就是不健康的。这种开始的方式曾经俘获了她，而今，它却面目全非，暴露出可憎的裂痕。

并不是说她从前有多么天真纯洁，但至少她恶毒多疑的部分是处于休眠状态的。现在，它们苏醒了。损伤不断扩大，在她体内蔓延。

　　在打扫两位老人的储藏室时，娜塔发现了几箱书：大部分是学校教材和文学经典，也有一些几十年前流行但现在已经没人记得的地摊小说。华金解释说，罗伯塔做了四十年的老师，大部分时间都在佩塔卡斯的学校任教。这些书是她的，他说，更确切地说，它们曾经是她的。她从很久以前就无法阅读了，所以他决定把它们从书架上撤下来，放进箱子里，不让她看到，免得徒增困扰。

　　娜塔注视着罗伯塔，她是如此脆弱，被困在自己的世界里，与外界隔绝，很难想象她曾经拥有另一种生活。和孩子们一起工作，在黑板上为他们授课，给他们讲解主语和谓语、加法和减法的罗伯塔？娜塔翻阅着她的书，上面有笔记、下划线、用卡纸和压花制作的书签——这些是她自己做的还是她的学生们做的？——她的心脏紧缩。

　　罗伯塔在想什么，她在看哪里？她似乎总是专注于发生在另一个维度的事情，她的眼周布满皱纹，嘴唇无声地动着，仿佛在造句。她在和谁说话？

　　有时，魔咒会被打破，她会从自己的世界中出来。然后，她发现自己并不是一个人，于是她努力去善待周围的人。即使在她状态最好的时候，她也可能会前言不搭后语，如果人们无法理解她的意思，她可能会感到沮丧，但她是位有教养的女性，从不在大庭广众之下大吵大闹。

一天，她接到一个电话，对方带来了一个噩耗。她的一个亲戚，或许是她的侄子，即将离世。那是娜塔从她讲电话时低垂着的眼睛和缠绕着电话线的手指推测出来的。随后，她陷入了几个小时的沉思中，尽管其间没有人打来电话，她还是拿起电话又挂断。当娜塔问华金时，他摇摇头，告诉她这都是罗伯塔编造的。没什么生病的侄子，也没有谁垂死。这种情况经常发生，他说道。她总是纠缠于陈年旧事。在老人无奈的眼神中，娜塔隐约看到了一丝绝望。当他不在身边照顾她的时候，她该怎么办呢？

华金快要失明了。一天，他坐在厨房的餐桌旁，抱头痛哭，向娜塔坦白了这件事。娜塔目睹一个男人——一个如此年迈的男人——哭泣，感到非常震惊。

华金和罗伯塔在社区中显得格格不入，因为他们在某种程度上和她一样，都是异类，都存在缺陷。看到这一点并不容易，探究这个问题也很困难，而且这并不让人愉快。但一旦迈出了这一步，她就不能再假装无知了。

那是一个阴云密布的中午，空气沉滞，静电积聚。秃鹰在娜塔头顶低飞盘旋，她朝着安德烈亚斯家走去，这个方向在这个时间并不寻常，因为她知道安德烈亚斯此时并不在家。她不知道——也没有停下来思考——自己为什么要走这条路，而不是其他的路，就像她不明白自己为什么会在显然随时会下雨的时候出门散步。她后来回顾这件事时会想，或许是一种直觉、一种预感？而现在，她只是心不在焉，眼神失焦地走着，直到远处隐约出现安德烈亚斯的房子，而后出现他停在门口的面包车。她停下脚步，花了好一阵子才理解现状——或者说，试图理解。她的太阳穴剧烈跳动，一股热气瞬间涌到脸上。她突然转身离开了。希望没有人看到她在那里。

她回到家里，试图让自己冷静下来。一定会有一个合理的解释，她告诉自己：安德烈亚斯之所以回到拉埃斯卡帕，是因为遇到突发情况，回来取他落下的工具或材料。又或者，他的面包车出了故障，所以早上他搭了别人的便车前往佩塔卡斯。她给西索添了狗粮，打开一瓶啤酒，躺了下来。但她又立马起身。也许还有另一种完全不同的解释：此时此刻，"就在现在"，安德烈亚斯正和另一个女人在家里。他用欺骗她的伎俩欺骗了那个女人。

她再次出门，快步疾行，然而这次却是身处大雨之中。她气喘吁吁地朝杂货店的方向走去，直到她探头看见柜台后正玩着手机的女孩。看见女孩的那一刻，她如释重负，几乎要笑出声来，但那种感觉转瞬即逝：不是女孩，也可能是别人。

也许根本就没有任何人。但是，如果没有其他人，他为什么不像一开始那样立刻打电话给她？他已经不再急迫地想见她了吗？他不像她渴望他一样渴望她了吗？

整个下午，她都在安德烈亚斯家和她家之间往返。那辆面包车仍然停在原地，未曾移动。只要远远地望见那个白点，她就掉头返回，接着又重新开始那段路程。她心跳的速度快得吓人。她从来没有做过这种事情，类似的事情也没有。她从未做过如此荒唐、不体面的事情。

到了晚上，当安德烈亚斯打电话给她时，无论电话铃声怎么响，她都不接听，直到他感到厌烦，不再打来电话。她本来希望他能晚一点停下，能再多坚持一会儿，但即便如此，她还是觉得不接他的电话是一种隐晦的报复。在那些时刻，她感觉自己取得了胜利，但她马上又觉得疑惑：她在什么战斗中获胜了？

下一次见面时，他们表现得一切如常，或者说维持着表面上的正常。他没有问她为什么不接他的电话。她也没有问为什么那天他的面包车一整天都停在门口。没有问题，自然也就没有答案。娜塔的疑心继续滋长：如同猫的戒心，敏锐而扭曲。那么，他的疑心呢？她不知道这该被称作疑心，还是单纯的漠不关心。

从那以后，她养成了监视他的习惯。她在房子周围张望，密切留意面包车的出入时间。她寻找着潜在访客的蛛丝马迹。一无所获时，她会想：他很谨慎，销毁了证据。趁安德烈亚斯不注意，她会探查落入手中的所有物品：厨房里的瓶瓶罐罐、药品、玻璃瓶。她计算核查迄今为止用过的避孕套数量，翻看散落在房子各处的文件——发票、商务通讯、广告传单、收据。她偷偷带走了一些找到的旧光碟，以便在自己的电脑上安静地查看。里面只有一些平面图和测绘报告，但这并未消减她的焦虑，她仍在继续寻找线索。她在衣柜里发现了正装，比他平时的穿着正式得多——她从没见过他穿西装，但西服外套和领带就摆在那里，一目了然。另外两个发现也让她深感不安：一张两年前的卡德纳斯女装店的票据——"女式衬衫，价值三十九点九欧元""由帕特里夏接待"，还有一个像首饰盒一样的小型音乐盒，一打开就会播放《玫瑰人生》，同时还有一个小芭蕾舞者在旋转。为免暴露，娜塔关上了音乐盒，但她内心其实更想砸碎它。

检查他的手机毫无意义，因为他几乎不用手机。里面只有她发给他的信息、广告信息和一些频繁通话的号码，这些号码是他在佩塔卡斯的合伙人和某个所谓的客户的。安德烈亚斯总是把手机放在显眼的地方，没有设置密码，联系人非常有限，这可能意味着没什么可担心的，但也有可能恰恰相反：安德烈亚斯正在掩饰着什么，在她计划揭穿他的同时，他也正在想办法应对她。他删除那些有问题的号码和信息，把手机放到她能接触到的地方，唯一的目的就是迷惑她。

在众多的解读中，娜塔总是选取最糟糕的可能性。即使明白自己的想法毫无根据，她也无法安心。任何变化、任何未曾预见的细微不同——无论多么微小、多么遥远——都足以让她动摇。嫉妒，那个顽固的绿眼怪物，甚至偷偷地爬上了床，用它带刺的舌头和带着讥诮的下流面孔审视着他们，试图将他们吞噬，扭曲着他们动作的含义，用污点和猜疑玷污他们。安德烈亚斯和她在一起时，为什么要闭上眼睛？是因为他在想别的女人吗？是因为他想起了他年轻的前妻吗？他深色的眼睑、专注的表情和微微颤动的睫毛，那些在早期让娜塔欣赏爱慕、感到兴奋的一切，现在都证实了她的猜疑。由于性冷淡，娜塔自己也开始幻想。她幻想着其他男人向她索要安德烈亚斯向她索要的东西。他们对她做的事情和安德烈亚斯在第一次时对她所做的一模一样，在同样的黑暗和寂静中，她只有腰身以下赤裸着，除了在身体两侧缓慢游走的手，再无其他爱抚。他们的行为像是安德烈亚斯，却又不是安德烈亚斯，因为安德烈亚斯也已经不是当初的那个他了：他是另一个完全不同的男人，另一个可能会像她一样行事的人，即便在抚摸她的时候，在深入她的身体的时候，他也会将她推开。结束以后，他们陷入了沉默，但不是因为最初的羞涩，而是因为悲伤。你冷吗？他一边问，一边把毯子拉到她身边。她想起安德烈亚斯以前会用双臂环抱她，而不是用这种笨拙而伤人的礼貌对待她。她想说，你没法想象我有多冷。

她很少去佩塔卡斯，只有在去提款机取钱时才会去一趟，取完钱就匆匆返回。自从安德烈亚斯在那里工作以后，那个本就对她充满敌意的镇子好像更不欢迎她了。然而，有一天，由于对安德烈亚斯的猜疑，她决定借口理发前往佩塔卡斯。她提前告诉了安德烈亚斯，像是随口一提，以免他在那里看见她时胡思乱想。安德烈亚斯抬头注视着她，他的眼神让她觉得自己被看透了。

"不过你的头发挺好的。你为什么想剪头发？"

"得打理一下。我已经好几个月没有理发了。"

"我觉得你这样看起来很好。"

这句话本来可以解读成夸赞，但在娜塔听来却有疏离的意味：安德烈亚斯不希望她去佩塔卡斯，不希望她出现在他身边。然而，已经没有退路了。如果反悔，会显得更加奇怪：那无异于变相坦白。

她很早就前往佩塔卡斯，把车停在了找到的第一个停车位。因为不知道哪里有理发店，她四处闲逛，避开人行道旁堆积着的泥巴。走到市政广场的时候，她看见了安德烈亚斯，他正在跟人交谈，激动地挥舞着胳膊，似乎在争论着什么，他双腿微微分开，一边讲话一边抽烟，吐烟圈的时候会向后转头。娜塔从没见过安德烈亚斯做这些动作，甚至从远处看时，连他的身影都显得陌生。跟安德烈亚斯谈话的男人比他高，也比他年轻。她定睛一看，才发现那是个年轻人，这让安德烈亚斯像是另一个人——几乎像个老人。有那么一瞬间，娜塔有一种想要退缩、躲起来的冲动，但她随后还是决定朝他们走去。靠近后，她才发现他们并没有争吵，只是男人之间有时候会出现的那种互相调侃、亲昵粗鲁的对话。他转身看到她，露出了微笑。然而，这个微笑并不代表欢迎，因为他立刻与那个年轻人分开了，好像不想让她再靠近他们，更别提介绍他们认识了，他只是简单地与对方道别，与此同时，他的微笑也开始消失。

"你在这里干什么？"

"我打算去剪头发，你不记得了吗？"

"啊，对。你具体是要去哪里？"

"还没决定。我不知道哪儿有理发店。"

"来吧，我带你去。"

他往前走了几步，环顾四周，似乎在找别人，仿佛她对他而言是多余的，甚至好像她不存在。娜塔心情沉重地跟着他。安德烈亚斯没有亲吻她，也没有靠近她、触碰她，明明刚才她还看见他把手搭在他朋友的肩膀上。

"看，这就是我工作的地方。"

透过门，娜塔瞥见一个小型办公室，里面堆满了文件、器材和箱子，中间还摆放着两台电脑和一台巨大的打印机。安德烈亚斯的同事——一个和他同龄，头发散乱，穿着运动服的男人——正俯身看着几张大得拖到地板上的平面图，似乎并不在意它们会被弄皱或者弄脏。安德烈亚斯站在门口跟他打招呼，但是没有进门，也没有邀请她进去。他抬起手臂指向下面的街道，指向理发店所在的位置，说，就在两三个街区外。他的语气如此冷冽——或者在娜塔听来，非常冷冽——强调了她不速之客的身份。在告别时，他捏了捏她的胳膊，与她对视，但这对娜塔来说远远不够。

在理发店里，娜塔也像个外来者。理发师披着一头长长的卷发，穿着紧身短袖衫，笑声刺耳。娜塔进门时，她正在为一位顾客烫头发。她没有放下手中的工具，也没有询问娜塔的需求，只是让她——更像是命令她——坐下等待。娜塔照做了，一边等着，一边努力专心阅读自己带来的书。她的眼睛盯着书页，耳朵却在捕捉那两个女人的对话，她们在用一种心照不宣的加密话术批判着某个人。她们一唱一和地笑着，让娜塔觉得不太舒服，就好像她们也在嘲笑她——谁知道呢，她想：也许她们就是在嘲笑她。当轮到娜塔的时候，理发师从镜子里打量着她。她询问娜塔想要什么发型，但却没有听取她的意见。她审视着娜塔的头发，挑起一绺后又随意地放下。你的头发受损严重，她对娜塔说，需要剪掉不少。

娜塔没有发表意见，任由理发师为她做了她并未要求过的造型。

因为这个新发型，她现在看起来比以前老了好几岁；看上去甚至比以前更苍白、更憔悴。虽然她告诉过理发师，她不想要刘海，但理发师还是给她剪了中分刘海。不过她没有抱怨，而是微笑着按照女孩的要求付了钱。

在回拉埃斯卡帕之前，她到农贸市场帮两位老人买东西。在排队时，她观察着那些废话连篇的女人和满口秽言的店员们，他们的说话方式隐晦、语速快，对她而言是完全陌生的。几只流浪狗在箱子间嗅来嗅去，却没有人驱赶它们。她必须保持高度警惕，因为只要稍有疏忽，就可能会有人插队并拿走最好的商品。就连孩子们——他们不是应该在上学吗？——看起来都奸诈狡猾。青少年们的眼睛里闪烁着傲慢无礼、意图挑衅的光芒。

不会那么糟糕的，她想。是她生病了，是她的眼神出了问题。要是她能闭上眼睛，不再看到这一切就好了。

多年来，娜塔从未想起过她。然而，理发店里发生的插曲让她突然回忆起那段快乐时光，以及它之后是如何变得悲伤和难以理解的。当时，娜塔最多七八岁；埃丝特拉应该只比她大几个月，不过在当时，几个月是一种很大的差距，是一种优势，因为和年长者交朋友或者享受年长者的偏爱是一种荣幸。娜塔已经不记得她的长相和声音了，但是她记得埃丝特拉坐在她身后给她梳头发的情景。埃丝特拉的梦想是成为一名理发师，但不是谁都可以成为她的练手对象的。她说，只有娜塔有幸被她从众人中挑选出来，因为娜塔拥有最柔软、最长、最美的头发。埃丝特拉给她编辫子、扎发髻，给她梳好几个小时的头发，在她的脖子上轻轻刮挠，让她觉得脖子发痒，而娜塔则闭上眼睛，任她摆弄。

有一天，埃丝特拉开始扯她的头发，把她的辫子扎得比平时更紧。你的发质变差了，她告诉娜塔，然后喘着粗气，把梳子扔到地上。娜塔不知道自己哪里做错了，她恳求埃丝特拉再试一次，即使再被伤着，她也默不作声地忍住眼泪。仅仅过了两三天，埃丝特拉就找另一个女孩取代了她。娜塔从角落里看着埃丝特拉为那个被选中的女孩细心地梳着头发，在每一缕头发上都绑上彩色橡皮筋，在额头周围编上细细的小辫——她从来没有为娜塔做过这些。结束以后，埃丝特拉托着下巴欣赏自己的成果，高兴得拍起手来。新来的女孩远远地看着娜塔，也许有点不自在，但又不可避免地感到满足。

娜塔不知道自己犯了什么错，才会受到那样的惩罚。当她在宗教书籍上看到亚当和夏娃被驱逐出天堂的图画时，她想：这就是发生在我身上的事情。

她的邻居们正从单厢车上卸下成袋的食材，孩子们拖着一张弓和一个装有彩色箭矢的箭筒在周围跑来跑去。尽管隔着一段距离，而且有薄雾遮掩，但娜塔还是觉得女邻居怀孕了。男邻居举起手跟她打招呼，出于礼貌，她不得不走上前去。他们问她这周过得怎么样。他们抱怨暴风雨，抱怨大风把门廊上的芦苇刮走了。出乎意料的是，他们对她的态度又变得亲切了，甚至可以说是热情。他们似乎只有在嗅到她有麻烦时才会感兴趣，娜塔想。他们好像直觉发现她的情况不妙，并为此感到高兴。

女邻居挽着娜塔的胳膊，坦诚地告诉她，是的，她怀孕了。当她把这件事告诉娜塔时，她的双眼闪闪发亮，像对待朋友一样亲昵地搂着她，并邀请她当晚共进晚餐。这是为了庆祝这件事，她说。还没等娜塔回答，她又把娜塔拉到一边，语气一转，一边抚摸着肚子，一边低声道。

"只邀请你一个人。"

一开始，娜塔没明白过来。

"我的意思是……我们不想让德国人来。"

"安德烈亚斯？"

"对，安德烈亚斯。"

"当然，"娜塔点点头，"没事。"

一股冰冷凛冽、近乎有净化作用的潮流涌了上来。它消除了反驳的可能性，至少终结了质疑的可能性，把这场对话再次引到时间问题上，真烦人。娜塔不禁想问：为什么要禁止他来呢？

参加晚上的聚餐就意味着她当晚无法见到安德烈亚斯。接受邀请等于是向他传递了一个信息，这个信息很隐晦，甚至娜塔自己也不清楚它的内容。她决定不做解释，只是给他发了条信息，明天见，她写道。她该如何解释这次缺席呢？娜塔认为最稳妥的做法就是不做任何解释。

皮特也参加了晚上的聚餐。用餐时，邻居们透露了他们在这块土地上建造游泳池的计划。他们算过账，造价不会太高。他们想要一个又长又窄的游泳池，这样他们就可以舒服地游泳了。即使外观不太好看，但那会是一个实用的游泳池。

"游泳池最让人受不了的就是维护。"娜塔说，"简直是一场灾难。"

他们点头表示赞同，他们已经考虑了所有的障碍，但仍然打算修建泳池。

"我不知道，"娜塔说，"我总觉得不值得。对不起，但我觉得每年都要浪费这么多水实在太过分了……"

"并不是每次都要把水放掉。有专门用于维护的产品。有那些产品，还有防尘膜。"

"是的，那些具有侵蚀性的化学产品……它们也说服不了我。"

娜塔深知自己失言了。她明明对游泳池一无所知，却任由自己发表意见。她是怎么了？她是在借游泳池维护的话题来逃避自己想要立即离开，奔向安德烈亚斯的冲动吗？皮特帮她解了围，岔开了话题；她专心用餐，回忆起女邻居之前的言行和态度——低垂的目光、说话时支支吾吾的样子、抚摸肚子的手——"我们不想让德国人来"。她脑海中闪过各种可能的解释。她突然想到，也许安德烈亚斯曾经和她的邻居们发生过什么冲突。或者只是和女邻居有过一些私人恩怨。毕竟，女邻居是趁她丈夫不在的时候提出了这个要求。他有没有要求过她让他进入？她痛苦得皱起了脸。皮特在桌子另一头看着她。不，不可能，她想。女邻居提起这件事的时候用的是复数——"我们不想……"——不可能是她一个人的原因。她可以问问安德烈亚斯本人，这是解决疑问最简单的方式。但她不会这么做。安德烈亚斯对别人的看法毫不在意。如果她把发生的事情告诉他，他只会说那不重要，甚至可能什么也不会说。即使他知道别人到处说他的坏话或者含沙射影，他也不会生气。

在安德烈亚斯的性格中，愤怒是最格格不入的情绪。娜塔从来没见过他失控或者发怒，就像她刚刚在游泳池的事情上表现出来的那样。即使是在他告诉她关于他母亲的事情那天，他也没有提高嗓门。他从不与人争辩，表达自己的观点时，也不像她那样需要或渴望得到别人的理解。安德烈亚斯并不想说服别人。

奇怪的是，这种态度反而让娜塔更加不安。

有时她会想，这种中立的态度是否也是一种无形的攻击方式。

她听见李喵喵叫的时候，他们正在床上。它的叫声低沉悠长，就像在呜咽。它在屋子里转来转去，不断地进出卧室，一直叫个不停。娜塔心不在焉，她感觉安德烈亚斯也在因为其他事情分心。但这不仅仅是因为李制造的噪声。他们的身体里有些东西已经停止运转，无法修复。他们的动作迟缓、笨拙、僵硬。娜塔回想起几周前，他们还相互拥抱，一切都是那么流畅自然，和现在截然不同。这种想法——这种对比——反而让情况变得更糟。还有那只哀怨的猫，它仍在不停地叫着，如同婴儿哭泣——比哭泣的婴儿还要让人焦躁——它好像有什么需求，叫声比平时更深沉，叫得也更加执着。娜塔停了下来。

"它是不是要分娩了？"

"不是，"安德烈亚斯说，"它在找孩子。它们昨天已经出生了。"

娜塔坐了起来。她坐在安德烈亚斯身上，注视着他的脸庞，尽管没了眼镜的遮掩，他的面容却让人感觉遥远。

"它们在哪儿？"

"我把它们淹死在水盆里了。"

"你把它们淹死了？"

"那你想我怎么做？这对它们来说是最好的选择。"

娜塔惊恐不已。为什么要淹死它们？就没有别的选择吗？他甚至没有考虑过其他办法！为什么不能留着它们？他明明有足够的空间安置它们！或者把它们送走呢？他对杀死它们毫无悔意吗？他就没有一丁点儿同情心吗？她一边质问他，一边穿衣服，以此来表达她的满腔怒火，尽管她自己也知道，死去的小猫并不是她愤怒的唯一原因。安德烈亚斯没有回答。他以轻蔑的眼神注视她良久，然后问她，今晚是不是就这样结束了，她是不是要中断一切然后独自离开，她是不是连至少稍微控制一下自己都做不到。就好像他在意今晚是怎么结束的一样，娜塔回答说：他是她遇见过的最麻木不仁的人。不只是在他杀死小动物的时候，而是始终如此。她敢肯定，在她走后，他会像什么都没发生一样看电视。

他漠然地盯着她，眼神空洞。他慢慢地穿上衣服，小心地戴上眼镜之后才开始说话。他的每个动作都预示着结局。他系好靴子鞋带，扣上皮带后，马上调整皮带扣的位置。他抬头看向娜塔，盯着她，重复她说过的话，"杀死小动物"，真是荒谬。她自以为有理解的能力和评判的权利。但她一无所知，他说。她应该少说话。看看周围，闭上嘴巴。

娜塔咬着嘴唇，强忍着泪水回答。

"你的口气跟我房东一模一样，充满了轻蔑。你们都自以为高人一等。"

"因为你的房东是对的。这里的规矩不一样。而你不懂这些规矩。不是你无法接受，而是你压根无法理解它们。"

"什么规则？你指的是什么规则？比如说，用劳动换取性爱？"

没有后悔的余地了。话已经说出口，无法挽回了。安德烈亚斯用胳膊把她从身边推开，眼神冷淡而坚定地看向她。他坐在床上，深深地叹了口气，用手抹了一把头发，然后十分平静地对她说，他想结束这一切。

"结束'什么'？"娜塔颤抖着问道。

"结束我们之间的关系。不管你怎么称呼它。结束它。打破它。"

"我甚至都不知道我们有什么关系！"

"你不知道？你每晚都来我床上，你觉得这算什么？"

"这就是我一直在问自己的问题：这算什么？"

"你从来不懂，对吧？所以你才一直监视我，在我家附近打转，看我到底在不在家……因为你什么都不明白。"

"你在说什么？"

"你很清楚我在说什么。结束了。你已经耗尽了我的耐心。"

娜塔听见了他说的话，却无法理解。她能感知声音，但却无法抓住它们。她内心里有什么东西开始改变。她的愤怒消散，取而代之的是一种空洞，它的回响在周身震荡。她落入深井，快要溺毙。她用拳头揉揉眼睛，从另一个地方看向他。她的声音——她自己的声音——听起来非常遥远，仿佛是从某个遥远的地方传来的，是从她的身体外部发出的。

"不，不，不……你不是认真的。"

安德烈亚斯没有回应。她被一种深深的无力感彻底控制：她已经无法再抗争了。她在地板上瘫坐着待了一会儿，一只脚穿着鞋，一只脚光着，衬衫的纽扣还没扣上，她在等待。

"你最好还是走吧。"几分钟后，安德烈亚斯对她说。

娜塔起身，整理好衣服，然后离开了。

或者说，她应该是站起身，穿好衣服，然后离开了：她仿佛在梦游中，事后对发生的一切毫无记忆。她记不住自己离开时说了什么——如果她说了什么的话；记不住自己是怎么走回家的；记不住在黑暗中，她是如何几乎摸索着踉跄前行；也记不住她是如何打开家门，扑到床上，把自己埋进床垫里，试图扼杀这种痛苦。

西索走到床边，用鼻子轻轻地碰了碰她的脸，然后在她身边的地毯上躺下。如今，除了这只狗——尸体的守护者——她孤身一人，孤独至极。周围只剩下寂静：寂静的假象。四轮车引擎的轰鸣声刺破云霄，远处传来几只狗的吠叫声，几个清晰的新词向她走来："时间就是惩罚。"

她念出这些词，就像在阅读一样，仿佛它们不是来自她自己，而是来自外界，来自遥远的远方。

3

　　事情发生的第二天，她便给他打了电话，接下来的两天也是如此，她不肯相信他会一直拒不接听，她每次都对自己发誓这是最后一次尝试，明知道这是把自己交到他手中任他宰割，是在毫无尊严地下跪，但她依旧坚持这样做，她甚至想去他家，如果有必要的话，她甚至可以去他在佩塔卡斯的办公室。在她打电话的第三天，安德烈亚斯接了电话，但只是为了重述他的判决：他们不应该再见面了。他说这话时冷静而坚决，没有生气，也没有大喊大叫。他并没有因为她之前打去的那些骚扰电话而责备她。他没有指责她一句。在他毫无波澜的回应中，娜塔明白了他的决定是不可动摇的。

　　但她不能放弃。她恳求他，哀求他，可他还是结束了通话。从此以后，他再也没有接过电话，也没有回复过任何信息。娜塔告诉自己，安德烈亚斯的坚定和毫不动摇就体现在这一点上：他从不屈服，也不自相矛盾。

她感觉自己已经到了极限，这让她痛苦不已。她缩在床上，一连几天都不下床。她的手机从不离身，每隔五分钟就看一次，她把手机放在枕头下，又摸索着寻找它，尽管睡意袭来，但她始终无法陷入沉睡。她的肌肤因绝望而灼痛，她无法接受自己已经失去安德烈亚斯，失去他的身体，失去他们曾经一同经历但再也无法重温的那些事情的事实。她反复回想着发生过的一切，他们说过的话，他们说话的顺序。他把她从身边推开——他用胳膊把她搡开，差点把她扔到地上，他把她赶出家门。那一切如此可怕，如此令人心碎，仅仅是回忆就让她想要尖叫。

由于娜塔一直闭门不出，皮特很担心，于是前来探望。她怎么了？她去看过医生了吗？她需要什么吗？娜塔有所保留，没有把事情告诉皮特，她也不愿接受事实。她只请他帮忙向老人们解释，说她这段时间无法照顾他们了，并请他给西索买狗粮。多讽刺啊，她想：皮特要负责喂食他讨厌的狗。

一定是他把她的情况告诉了邻居们，因为周五他们刚到的时候，女邻居就过来问候娜塔。她给娜塔带了一个木盒，里面精心摆放着很多袋装冲剂，每一包都标注着对应的病症。洋甘菊、香蜂草和椴树花，鼠尾草、百里香、缬草和薄荷，这些都是治疗消化失调、失眠、骨痛、痛经甚至情绪低落的简易方法。

"这个盒子是给你的，你可以留着，这是一份礼物。"

这礼物真恶毒，娜塔想，就好像她迟早会遭受这些病痛的折磨，但她还是感谢女邻居的好意。女邻居让她不要放在心上。邻里之间本就该互相帮助，她说；她很清楚，如果是他们遇到了类似的情况，娜塔也会这么做的。娜塔低头凝视她靛蓝色棉布裙子下初现的孕肚轮廓。她看着女邻居，就像第一次见到她一样，娜塔觉得她比自己第一次见到她时更加迷人，头发更加柔顺，皮肤更加年轻，这种自然的美突然让她觉得很不舒服。她突然脱口问道：

"你和安德烈亚斯之间发生了什么？出了什么问题？"

她的语气比她想的要更加生硬，几乎像是一个冒犯性的问题。她想，现在女邻居肯定觉得受到了攻击，不会回答她的问题了。但女邻居歪着头，似乎在思考着这个问题；然后她抬起头，微笑着否认。

"没有，没发生什么问题。"

"但是你禁止我带他去你们家！"

女邻居保持微笑，镇定自若。

"禁止这个词太夸张了。我只是请你别带他去。"

"可是，为什么？"

她再次摸上肚子，晃动着身体。

"不为什么。只是因为我跟他不太熟，对他不信任。"

晚上，男邻居前来探望她。他主动提出可以给她带任何东西，为她做任何事情。娜塔想，她看起来那么让人担心吗？抑或是他们察觉到了真正的原因，对她受到的惩罚感到幸灾乐祸？

男邻居的声音里充满了不合时宜的希望。他的妻子知道他在这里吗？是她让他来的，还是他自己来的？她盯着他，注意到他犹豫不决的样子，似乎还有话没有说出口。他的眼中有水光——好像被融化了一样——几秒钟的犹豫显得格外漫长。

男邻居不知道要怎样微笑，才能不流露出骗人的虚伪表情。如果不是欺骗，那他就是掩饰什么。有那么一瞬间，娜塔觉得这二者其实是同一种行为。

她常做些让她精疲力竭的噩梦。有时候，她只是小睡几分钟，在这么短的时间内，也会有一大群生物——没有脸的人、会说话的动物——出现在她梦中，它们朝她走来，对她发号施令，或者把她关在黑漆漆的、迷宫般的地方。醒来后，她环顾四周，发现自己的卧室变得全然陌生。每一件家具、每一个物品都还在原位，但有些东西已经发生了变化。这种变化可以在空气中感觉到，就像气温骤降或者旧照片褪色一样。仿佛当她被抛在后面时，世界已经决定继续前进，不断变化。

她多么厌恶这个房子啊！她为了让它变得更好而付出的努力是多么徒劳！她企图通过清洁和装饰来留下自己的痕迹，但却毫无作用。她的东西摆在那里，就像是从别处剪下来然后粘贴过去的，像一幅拙劣的拼贴画。她看着桌子上的文件、笔记本电脑、书本，她为厨房缝制的窗帘，古老而美丽的铜质烛台，还有陶瓷果盘。一切都在发出刺耳的声音，从一开始就是如此，她想：她不属于那个地方，她从来都不属于那里。

整整两周过去了。又是一个星期天。现在她该采取行动了，虽然她不知道该做什么，也不知道该朝着哪个方向行动。

她出门散步。

她踏上通往两位老人家的土路，沿途有菜园和养鸡养猪的围栏。她远远地看见两位老人在葡萄架下坐着，葡萄仍在生长。她略过他们，甚至没有停下来问问他们的情况。她应该这么做吗？是的，她应该这么做，但晚点再说，她想。她观察开着花的橙子树。这很不寻常，皮特告诉她，由于秋天异常的高温，花期推迟了，尽管她不会说高温，而会说大气的停滞，仿佛空气不再流通，气流在半空中停滞不前——不是在脚的高度，也不是在脸的高度，而是在臀部区域——阻碍了它的前进。

她独自前行。西索跟着她走了几百米，但随后停在了路中间，看着她继续前行，对她的呼唤置若罔闻，最后转过身笨拙地跑走。现在，娜塔走近橙子树，发现许多树叶上生满了蚜虫。有些叶子完全被虫子侵蚀，它们蜷曲，干枯，向内萎缩。远处升起的烟柱染黄了苍白得近乎肮脏的天空。烟雾、橙花和粪便的味道混杂在一起。再往前走一点就是乱伦兄妹的家，那里涂有红色的涂鸦，写着"上帝的惩罚""耻辱"。娜塔从窗户的洞口——窗框被拆除了，也没有玻璃——看见里面垃圾遍地、苍蝇成群。她走了进去，即便她知道没什么可看的——没什么好东西可看——在空气浑浊的墙间，她突然确定了一件事：无论她做什么，无论她怎么努力，她永远不会再拥有安德烈亚斯了。这个认知让她痛苦不堪。

她失去了他。

她拥有过他，又失去了他。

这种确定性撕扯着她身体的每一块肌肉。她以为她会因为痛苦而死去，以为她可能会就这样死去，孤独地死在那间房屋的废墟里。她几乎要跪倒在地，但她勉强支撑着。她靠在墙上，试图调整呼吸。她感觉自己正在眼看着生命的最后一幕。这是切切实实的痛苦，她想。她后来想，有什么可怕的事情就要发生了。

晚些时候，她在回家的路上看见人群骚动：起初是几个混乱的身影，然后是周围的人，他们在围着什么东西走动，几辆车扬起一片尘土——就在那一刻，邻居的单厢车启动了——还有人在远处叫喊着，声音传到她耳中时已经有些模糊了。她加快了脚步，心中涌起一种不祥的预感。她往前走，虽然不完全明白发生了什么，但她听出了是谁在尖叫——是正在登上那辆正在行驶的汽车的女邻居，还有她那因为被独自留下而跺脚大叫的儿子。还有一伙两三个人，其中一个人抓起一根棍子——或者看起来像棍子的东西——在娜塔家周围徘徊。那辆单厢车已经开远了，它的轮廓消失在尘土中，几乎已经无法辨认。到底发生了什么事情，她一边思索一边加快步伐，直到她看见其中一个男人朝她跑来，大声地叫着她，但是他的语调不是警示，而是指责，好像她犯了什么罪。嘿，他说道，嘿！他喊着，其他人也很快赶了过来。都怪那只狗，他们说，都是因为那只野兽，在事情发生的时候，她跑去哪里了？小女孩的脸都被它撕烂了。她为什么没把它拴起来？她不知道它是野兽吗？那个恶魔现在在哪里？他们告诉她必须把那只狗交出来，他们会好好教训它，她应该马上去见见那个可怜的小女孩，看看那只狗都干了些什么。娜塔勉强听懂了。她看着站在门前的小男孩，他用手捂着脸，用指甲挠着脸颊，惊恐万分地尖叫着，她看到一个女人——杂货店的女主人——把他抱在怀里，强行带走了他。有人命令她立刻离开那里，去找那只野兽。如果她不想被人当场杀死，就赶紧离开，至少要等到那个可怜的女人知道她的女儿安全了才能出现，那个怀孕的母亲，她女儿的脸被撕碎了，娜塔现在似乎该为她的不幸负责。

她再次把自己关在家里——如果她还能称之为自己的家的话。她别无选择，除了这里，她还能去哪里呢？无论她去哪里，无论她说什么，都只会遭到拒绝。只有皮特还会来看她。他眯起眼睛，担心地看着她。娜塔蜷缩在沙发上，目光涣散地盯着墙壁。皮特试图让她振作起来，但她只是心不在焉地听着。他说女孩的伤似乎没有那么严重。虽然会留下疤痕，但可以通过整形手术来修复。皮特解释了女孩脸颊的问题，尤其是其中一侧脸颊的情况。他自己的脸被阴影分割开来。娜塔坐在他对面，只能看到他的半张脸。皮特现在看起来年轻多了，他的胡须乱糟糟的，颧骨也因为处于阴影之中而显得柔和，也或许是因为她变老了，从另一个时代看待他，才会产生这样的感觉。他用低沉而舒缓的声音继续解释着娜塔现在无法理解的事情。当没什么要补充时，倾听真叫人疲惫，她迷迷糊糊地想着。当她跟安德烈亚斯说话的时候，他也是这样吗？这就是她絮叨时给他带来的感觉吗？

"无论如何，你都应该出去主动提供帮助。问问孩子的情况。她才六岁，可怜的孩子。"

可怜的孩子，娜塔重复了一遍，然后说：

"我没有错。"

"当然，你当然没有错。"皮特拉起她的手握紧。

"现在所有人都恨我。"

"他们不恨你。可你得配合他们。你不能拒绝。"

配合意味着一旦西索出现，就要把它交出去，让他们宰了它。这只狗很聪明，已经逃脱了，目前还没有任何生存的迹象。它能够理解自己的行为，预料到后果吗？

在佩塔卡斯的几名警官的陪同下，拉埃斯卡帕的居民们正在周边地区搜捕它。他们已经抵达厄尔格劳科，如果有必要，他们会爬上山顶。杂货店的男主人是这次行动的领头。他是所有人中最愤怒、最凶狠的一个，就好像是他自己的女儿被咬了一样。娜塔还能听到他咒骂自己的声音。吉卜赛男人是当时唯一一个为她辩护的人。放过这个女孩吧，他说。但后来，他也和其他人一起在田野里搜寻西索。娜塔木然地回忆着这一切，没有为自己辩护。

她一想到要牺牲西索，就心生恐惧。在她看来，杀死它只会带来更大的不幸。不是女孩的不幸，不是女孩父母的不幸，甚至也不是她自己的不幸，而是整个世界的不幸，一种无法逆转的宿命，仿佛牺牲一只动物——那只动物——就会彻底改变万物的秩序。

"难道你不知道它很危险吗？你不知道它也能像伤害那个小女孩一样伤害别人吗？"

"是她自己未经允许就跳过篱笆，跑进去玩。如果她没有跳进去，西索就不会攻击她。还有，她的父母去哪儿了？他们让她一个人待着，难道就没有责任吗？"

皮特站起来，睁大眼睛，惊愕不已。

"别这么说！别对任何人说这些话！你会毁了自己的！"

"然后呢？"

"你精神太紧绷了。你不知道自己在说什么。"

娜塔点点头。她任由他靠近自己，在她身上盖上一条毛毯。

"你需要休息，我明天再来。"

这次的沉默不同以往，充满戏剧性，仿佛他们只是在为她演戏，唯一的目的就是欺骗她。所有人都应该沉睡着，但无疑没有人在睡觉。娜塔想象着拉埃斯卡帕的人正在寻找那条狗。他们带着猎枪和棍棒，潜伏着搜寻，一旦找到，就准备将它以私刑处死。他们要这样残忍地杀了它，来报复它所造成的伤害吗？她逐渐陷入不安的昏睡中。她梦到火把，火光在远处忽明忽暗地闪烁着。她还梦见了安德烈亚斯，他的双手抚摸着她，爱抚着她，时而消失时而出现。她醒来时，赭红色的光线透过百叶窗洒了进来。尽管在她看来似乎只过了几分钟，但肯定已经过去好几个小时了。她听到门后传来呻吟声——悄声、轻柔、近乎人类的呻吟。有人在挠木板。她从床上跳起来，打开门。西索在门口，它直视着她的眼睛。它的皮毛很脏，爪子上有一道新伤，但它的眼神比以前更加清澈。它走到这里，却没被任何人发现，这真是个奇迹。这是真正的奇迹，她想。为什么要杀死一个这样的生物呢？

她们逃不掉的，因为她一旦发动汽车，他们就会拦截她的去路，并对她也施以私刑。如果她待在家里，多天不露面，他们一听到西索的吠声，就会像对待乱伦兄妹一样对待她，砸碎窗户，破门而入，当场抓住她们，而她们无处可逃。她觉得自己就像一只被逼入绝境的动物，就像继续盯着她、缓慢呻吟着的西索一样。

唯一的办法就是请皮特帮忙。她还可以再尝试一下，如果她能找到合适的措辞，让他明白拯救这只狗对于大家和社区有多重要，或许还能说服他。她给他打电话，让他尽快赶来，但没有解释这么着急的原因。

皮特进门看到西索后，就沉默了下来。他的目光在狗和她之间游移，满怀期待。娜塔急忙开口说话。他开车来了吗？开车来了吧？他可以悄悄把西索带走，他们不会怀疑他的。他可以把它放在狗舍里，或者别的地方，别的城镇。他能开多远就开多远。如果西索留在拉埃斯卡帕，他们会把它打得皮开肉绽的。

"你疯了！"他打断娜塔。

但娜塔仍在继续说着。她说，试想一下，如果西索是他养的那只母狗，他不会给它一个赎罪的机会吗？即使是最卑劣的罪犯也有辩护的权利。他不记得自己说的蝰蛇的事情了吗？他说只需要把它赶走不是吗？她抓住他的肩膀摇晃。他总说自己是她的朋友，是她真正的朋友。他告诉过她，如果她需要帮助，就去找他。她现在就在寻求他的帮助。他为什么不支持她？

"因为你的要求太荒谬了。这对你有害无益。你现在情绪不稳定，不能明白。以后你会感谢我的。"

娜塔很生气，他也要拒绝她吗？因为她现在在棋盘之上最为软弱，他就要和众人结盟来对付她吗？

"这是出于安全考虑，也是为了正义。你不能和它们对抗。"他补充道。

娜塔转过身，移开视线，命令他离开她家。皮特拖着脚步离开了。但他分明不是被判刑的那个人，她想，他走路的姿势怎么像演戏似的？他的预言成真了，他一定很满意。那条狗只会给你带来麻烦，他曾经这么对她说。听起来像是诅咒，而结果确实如此。

也许正是因为他的预言准确，皮特才擅自揭发她——应该是他揭发了她，因为不到一个小时，就有两名警官来敲响她家的门。

娜塔无法阻止他们带走西索。反抗已经毫无意义。

华金搓着手，忐忑不安地敲响了门。娜塔请他进来，但他宁愿待在外面，也不愿进门。他目光低垂，说她最好暂时不要为他们工作。

"至少要等到事情平息下来。"他补充道。

否则没人会理解的，他说。他们跟每个人都相处得很好，最好避免发生冲突，以免影响到罗伯塔的健康。娜塔没有反驳。她甚至同意他的观点。狗咬了女孩，而狗是她的，因此她难辞其咎。这就是正义。无须多言，无须再讨论。

华金再次道歉。他满是皱纹的脸颊因为窘迫而微微泛红。

"这不是针对你。等一切都过去了，你还可以回来。"

当天下午，她看见罗伯塔在门廊的破旧条纹躺椅上休息，她经常坐在那里乘凉。老太太示意她走近些。娜塔有些犹豫，她不想伤害她，也不想违抗她丈夫的命令，但最后她还是靠在围栏上，与她保持着刚好可以说话的距离。

"罗伯塔，你怎么样？还好吗？"

罗伯塔气愤地向娜塔讲起她的儿子。他答应过会带她去意大利，她说，但他忘记了自己的承诺。她已经为这次旅行买好了新衣服，她重复道，他却忘了自己的承诺。娜塔知道两位老人有个在国外的儿子，他们从不和儿子见面，也很少提及他，但是，罗伯塔的话听起来似乎不合逻辑。

"他在厄尔格劳科迷路了。"她接着说，"他小时候在那里迷路了，那时他还没长胡子。他脸上长着草，还没有长胡子。"

"这说不通啊，罗伯塔。"

她侧过头去，似乎想换个话题。

"无所谓了。"

她的头发湿漉漉的，华金可能刚给她洗过头发，然后把她留在门口，好让头发自然风干。她的头发梳到耳后，这个发型让她看起来非常漂亮。娜塔称赞她。

"你看起来很漂亮，罗伯塔。"

"你怎么不进来陪我坐一会儿？我一个人在这里很无聊。"

"我现在没空。但你丈夫肯定很乐意陪你聊天。你跟他说好了。"

"哼，他和我说的东西不一样。我们总是听不懂对方的话。你没注意到吗？"

"注意到什么，罗伯塔？"

"注意到那个男人不理解我。"

"你是说你丈夫？他当然理解你！"

"怎么可能？在这里，谁也不理解谁。"

"好吧，这种情况到处都有。"

"在拉埃斯卡帕，这种情况更多，多得多。你没发现这里根本就没有本地人吗？所有人都是从外地来的。每个人都说着不同的语言。英语、法语、德语……还有俄语、汉语！"

娜塔笑了起来。

"怎么会呢，罗伯塔？在这里大家说的都是同一种语言。"

老太太咂了咂嘴，做了一个表示不屑的手势。

"胡说！你可真糊涂！你发现了吗？现在你也听不懂我的话了。"

她没有忘记安德烈亚斯。她依旧很想他。有时候，只是回忆起他，她的乳房就会因为欲望而肿胀，全身因为兴奋而酥痒。可是，他的五官已经开始变得模糊。她闭上双眼，试图记住他的样子，可它们仍然在逐渐消散。失去的感觉迅速地蚕食着她的记忆。一天晚上，她又梦见了他，可那是一个更高大、更优雅的男人。在梦里，有一片油滑平静的水域，她潜入水中游泳。她从容地游着，欣赏着水过滤过的光线，泛绿的河床以及水底闪烁着银光的石头。当她醒来时，她想：不，那不是安德烈亚斯。

又一天，她似乎远远地看到了他。她的感觉难以言喻。最贴切的描述或许是，就像从窗口探头瞥见另一个世界的风景。那个世界现在已经变得遥不可及、难以理解、让人痛苦。然而，难道一开始不就是这样吗？遥不可及、难以理解、让人痛苦。是的，她自问自答，可是以前她就在那个世界里，而现在她却在外面。

她没有再监视他——如果被他发现她在监视他，那就完了！但她会远远地望着他的房子，房门通常都是关着的——他以前经常把门敞开——几乎看不见面包车停在外面。他现在到底在哪里度过这么多时间？

周围安静得出奇，只有一些细微的变化打破这种静谧——百叶窗前一天拉上了，第二天又拉开了；手推车换了个位置；放在门口的雨靴第二天消失不见了——这些变化向她证明安德烈亚斯还活着。在某种程度上，这一发现让她很惊讶，因为她自己也觉得他已经死了。

最近发生了那么多事情，所有人都唾弃她，他会怎么看待这些？他会可怜她，还是会像其他人一样认为她有罪？

这一切都发生在如此短的时间内。短到让她想起来都觉得惊讶。她刚到拉埃斯卡帕时，打开了一管全新的牙膏，每天都要用上两三次，尽管如此，还是没有用完，还剩下三分之一。太不可思议了，她想：彻底转变内心想法，摒弃过去，改变生活，再次改变生活，所用的时间比用完一百二十五毫升牙膏的时间还要短。

有一天，她看到小别墅的门开着，于是鼓起勇气过去询问。男邻居独自在家。他解释说，他刚才去看了看房子，然后严肃地看着她，他的表情更像是好奇，而不是责备。他告诉她，小女孩已经好多了，正在康复中。娜塔问他们是否生她的气。她说，如果可能的话，她想去看看小女孩和她的母亲，亲自向她们道歉。他思考了一会儿才回答。他下意识地摸了摸下巴，娜塔觉得这个动作显得很刻意。不，他说，他们没有生她的气。她唯一的错误就是太过冒失。人不能到处去收养半野生动物。有些风险是不能容忍的，他重申，人们没有权利不考虑后果就行动。娜塔想告诉他，西索并不是半野生动物，他明明也喜欢它，她甚至有一次看到他在抚摸它。她想为自己辩解，但她知道她没有权利这么做。

邻居看她时的目光有些游移，仿佛在扫视她。对他们来说，他继续说道，真正伤人的是娜塔不愿意牺牲那只狗。他们失去了那么多，他们的女儿也遭受了巨大损失，为什么娜塔却不肯放弃任何东西呢？在这些事情上，她必须理解他。

"别在这里说了。进来吧。外面冷。"

娜塔同意了，尽管在小别墅里，他们没有再提及这个话题。他一边打开客厅的灯和暖气，一边和她聊起别的事情。他向她介绍自己工作的细节。他是一家保险公司的经理，但他计划独立出来，成立自己的办公室。她说，自己当老板是个不错的选择，只有这样才能永不拒绝加薪！他被这个玩笑逗笑了，然后问起她的情况，但他没有认真听她的回答。娜塔觉得他没有多担心他的女儿。也许他并没有因为发生的事情而感到不安，她想，因为他们的谈话很轻松，他甚至很愉悦，因为他并不那么讨厌她这个邻居，而且因为狗袭击人的不幸意外，她这个邻居现在处于他的掌控之中。

她在他的掌控之中，娜塔再次想到，或者说他们在彼此的掌控之中，他们之间存在着买卖宽恕、辩护和恢复名誉的可能性。他拥有受害者的权力，也许正是由于这种特权，他是唯一能够为她说情的人。但要让他这么做，娜塔就必须赎罪，必须付出一些代价。她思考了一会儿。为什么不呢？她和安德烈亚斯的故事不就是从交换开始的吗？邻居显然想要她。他一直想要她，而现在他比以往任何时候都更容易得到她。娜塔想象着他舔着嘴唇，像狼一样围住她的样子。她突然觉得一阵恶心。他的嘴唇、他的身体、他压在她身上的重量、他无用的触碰，都让她觉得自己与曾经拥有、如今已失去、至今仍无法忘怀的东西相距甚远。这让她想呕吐。

邻居脱下外套。娜塔扣好自己的外套，在道别之后离开。

一种和睦的氛围在拉埃斯卡帕蔓延，这体现在杂货店店主夫妇在圣诞树上挂上的圣诞花环，以及有节奏地闪烁着的小灯，它提醒着人们，年尾将至，每个人都应当成为友善的公民。当她经过时，再也没有人转过头去，也没有人以冷脸待她或者怠慢她，至少在她看来是这样。在杂货店里，女孩又重新接待她了，态度虽然不像一开始那样热情，但至少显得很自然，似乎她已经忘记了或假装忘记了发生过的事情。吉卜赛人夫妇想给她送一只猎犬幼崽，他们保证这只狗绝不会给她带来麻烦，但她拒绝了。一想到要再次尝试，她就开始感到害怕。华金红着脸，眼睛盯着地板，暗示她可以随时回到他家。连皮特也向她道歉。他承认自己没有妥善处理这种情况，他明白自己让她失望了，可是要找到解决办法真的不容易，这种两难的困境太过棘手。

娜塔希望女邻居和孩子们的归来意味着一切恢复正常，即使这种正常状态同时也很脆弱。没有任何一个罪犯未受惩罚就能得到宽恕，但她想，对于拉埃斯卡帕的居民来说，她和安德烈亚斯的决裂肯定已经起到了惩罚作用。也许在他们看来，这种惩罚——从沉浸在幸福的状态中被驱逐出来——已经足够了。如果她在那个可怜的小女孩还在治疗期间哭泣时，像头母猪一样和情人颠鸾倒凤，他们也许不会原谅她——她认为他们会用这些词："颠鸾倒凤""母猪"。正因为娜塔已经不再和她的情人颠鸾倒凤，她才敢不躲不藏地出门。

平安夜，她陪皮特去了胖子酒吧，和几个人一起喝酒。这个夜晚转瞬即逝，他们尽情地享受美食，相互打趣，打开香槟，唱起圣诞颂歌。杂货店的女孩喝醉了，在啤酒桶上跳起舞来，动作下流地扭腰摆臀。她的父亲也喝醉了，笑得前俯后仰，把她从上面拉下来。娜塔觉得，在那个夜晚，似乎一切都能被允许、被原谅，包括杂货店店主和胖子之间的旧怨。因此，她盯着入口处的珠帘，每次有人进出，珠帘发出声响，她就会转过头去。酒精让她沉溺在一种模糊的希望中——万一安德烈亚斯出现了呢？仅仅是这种可能性就足以令她心跳加速。然而，安德烈亚斯并没有出现。

她带着困惑和激动，和其他人拥抱告别，已经是凌晨了，那些拥抱在寒冷的夜晚显得格外温暖。回家的路上，她忍不住想靠近安德烈亚斯的家。只是远远地看上一眼，她想，稍微窥探一下，不会有什么不妥。他会在家吗？会有灯光吗？会有音乐声吗？会有人陪着他吗？

然而，当她踏上那条路时，仙人掌在黑暗中的轮廓显得阴森可怖，仿佛是某种警告，让她转身回去。

她购物回来，看到女邻居正在小别墅门口处给花盆浇水。她提着大包小包站在原地，心怦怦直跳。她再次走动时，空气似乎变得稀薄，让她寸步难行。她知道自己应该马上过去打个招呼，但她走得很慢，她像过去翻译时一样谨慎，摒弃不合适的表述，挑选最合适的词语，尽管现在她不知道原文的意思。

女邻居很漂亮，身着芥末色的毛衣和宽松的孕妇裤，头发束起，脸上容光焕发。她笑着迎接她。她的态度让娜塔很惊讶。这种欢迎……她想着，但不知道该如何进一步思考。这种欢迎。

她们互相亲吻。娜塔底气不足地问起小女孩的情况。女邻居告诉她，小女孩好多了。她把小女孩叫出来，好让娜塔看看她，小女孩听话地从屋后出来。虽然伤口很长，从脸颊的一端延伸到另一端，她的半张脸都被遮住了，但这丝毫没有破坏她精致的五官。她的下巴和脖子上还有一些较小的伤痕。但最引人注目的还是她的严肃。她面无表情地看着娜塔。

"医生告诉我们，随着时间的推移，这些疤痕将几乎看不出来。"她的妈妈解释道，"这都多亏了她年纪还小，皮肤再生能力强。"

娜塔眼里泛起泪光。她向两人道歉。真希望时光可以倒流，她说。她对给她们造成的痛苦深感抱歉。她再三表达歉意。小女孩仍然无动于衷。女邻居把手轻轻放在娜塔胳膊上安慰她，站在门边让她进去。娜塔拎着袋子走了进去。她茫然地在她们指定的位置坐下，环顾四周，寻找男邻居和另一个男孩。

"他们不在。"她还没问出口，女邻居就说道。

接着女邻居给她倒了一杯咖啡。她在厨房准备咖啡时，小女孩就静静地站在娜塔旁边。她的眼神已经与那些没有过去的孩子不同了；比起伤疤，她的眼睛更能展现出她在事情发生前后的不同，体现出时间的断层。娜塔尝试和小女孩对话，但她只用单音节回答。从她的表情可以看出，她作出的裁决无法动摇。她已经作出了判决，而且这个判决对娜塔不利。

"她很内向。"女邻居回来时说道。

她们谈到了她的怀孕和圣诞节。平安夜派对怎么样？他们在胖子酒吧玩得开心吗？显然，他们应该是和家人一起度过节日的——和女邻居的父母，还有男邻居的母亲——祖父母们非常想念孙子孙女，但现在，他们想到乡下待几天，组织一些郊游活动，如果娜塔愿意，她也可以参加。娜塔很不自在。这些善意的含意是什么？她很难若无其事地和女邻居交谈，但她觉得女邻居希望她这样做，她应该努力。现在，女邻居正在谈论开销。装修费用——游泳池修建项目，厨房也需要全部更换，还有圣诞礼物、取暖费、医疗费……娜塔意识到了什么。她以前从来没有考虑过这件事。她不知道这是女邻居随口说起的，还是故意说给她听的，但她咽了咽口水，问道：

"要很多……钱吗？"

哦，不，女邻居急忙澄清。她指的是怀孕期间的费用。她去看了一位很有名气的妇科医生，也是她之前分娩时的医生，在这些事情上可不能吝啬。小女孩的医疗费有保险覆盖。她还说，幸运的是，娜塔没什么好担心的。过去的就让它过去吧。她靠近娜塔，稍微倾身过去，压低了声音。说话时，她用指尖划着杯子的边缘，慢慢地念出每一个字。

"听着，如果我们想针对你，我们早就去告你了。"

娜塔呆若木鸡，无法做出反应。突然间，女邻居的话就像反手抽在她脸上的一个巴掌。

"什么意思？"

"告你。我是说我们本来可以告你的。但我们没有这

170

么做。如果我们有意整你，而且想做得漂亮点，我们早就这么做了，因为你已经一无所有了。所以，你看，我们无意报复你。你应该放松点。"

娜塔犹疑地点头。她无法判断女邻居的微笑是在安抚她，还是在强调自己话语中的攻击性：那是一种紧绷的微笑，露出了她漂亮的牙齿。娜塔环顾四周寻找小女孩。她坐在角落的地板上玩游戏机，看似沉浸在自己的世界里，但在娜塔看来，她仍在留意她们的对话。女邻居转换了话题，她的笑容在不知不觉中变得柔和，现在她开始谈论她的丈夫。他去佩塔卡斯购物了，她解释说，杂货店里越来越难找到需要的东西了。她在几分钟前说的话现在看起来像是娜塔的臆想，但娜塔知道并非如此，这个惊喜是表演的一部分：一个精心雕琢的剧本正在一点一点地展现。娜塔已经听不进去了，她想尽快离开，但不知道该如何中断对话。女邻居靠在扶手椅背上继续闲聊。小女孩偶尔会从游戏机上抬头，严肃地打量她们，然后又继续玩游戏。娜塔想到一个借口。炉子，她嘟囔着说。她忘记关炉子了。她最好立即就走，她补充道，那是个老式炉灶，随时都可能着火。

在门口，女邻居握住她的肩膀，这次她叫的是安德烈亚斯的名字。她不像过去那样喊他德国人，而是直接叫他安德烈亚斯。

"我很高兴他离开了你。"

说这话时，她的眼神闪烁着光芒。娜塔想反驳她，想问她是从哪里得到这个消息的，但她只是笑了笑。那是一种小丑般的愚蠢微笑，她想：小女孩的受伤让这位母亲获得了这样做的权利，让她得以像擅闯他人房屋的人一样继续滋扰她。女邻居告诉她，安德烈亚斯是个阴暗的人，他善于操纵人心，极其肮脏。她很了解他。非常了解，她重复道，这几个字变得越来越庞大，它们包含了一整套语言和一个娜塔无法进入的私密世界。娜塔可以提醒她，之前她曾说过完全相反的话，说她几乎不认识他。她也可以询问细节，稍后再走，试图去了解内情。但她更想要逃跑、远离这里。她拿起袋子，再次微笑，头也不回地离开了。

当她把购买的东西放进冰箱时，她发现了几个打碎的鸡蛋和两个已经打开的空酸奶罐。这些是什么时候发生的？是谁做的？她完全不记得这些袋子有无人看管的时候。这些东西——碎鸡蛋和空酸奶罐——现在比其他场景更让她不安。

12月30日，房东满脸不悦地来到她家。他对着地板低声咒骂，说的第一件事就是，他们向一个孩子收取了比正常价格高出一倍的钱。他们利用了所有人——所有蠢蛋，他说——想在除夕夜晚餐中找些特别菜色的心理，但他已经受够了这种无耻的行为。受够了，他又重复了一遍。娜塔假装若无其事的样子，去找钱给他。今天是不是除夕又有什么区别呢，房东在沙发上坐下来，继续说道，如果由他来决定，他只会吃一锅薯条，再喝两三升酒。但是那些女人，他说，她们把一切事情都变得复杂了，她们总是期待着庆祝特殊的日子、纪念日和生日，在食物上大肆铺张，好像吃进去的东西最后不会变成屎一样。他用袖子擦了擦口水，对娜塔露出一个嘲弄的微笑，然后问起狗的事情。

"它让你失望了，是吗？"他笑道。

这都是她的错，他说，因为她不懂如何正确地对待它。狗没有那么复杂，人们唯一要做的就是严厉地对待它们。是她的任意妄为以及她把它带去看兽医的愚蠢行径让它变坏了。她以为他不知道兽医吗？她的任意妄为是一方面，另一方面是她把它绑在木桩上的粗暴行为。难怪它会发疯。无论如何，现在后悔已经太晚了，这就是因果报应。他依旧坐着，翻了翻口袋，掏出折叠着的、皱巴巴的账单递给她。

娜塔算好了账，把钱交给他。他心存疑虑，又慢慢地核对了一遍。他站起来，双腿分开，两手叉腰看向她。他一直盯着她，直到她败下阵来，垂下眼睑。

"你现在打算在这里做什么？"

娜塔没有回答。她只希望他快点离开。

"我是说，既然现在你没和任何人上床了，你还在这里做什么？"

有什么东西在她体内炸开。那东西就像一袋冰冷的凝胶，炸开后向她的四肢扩散，让她的肌肉变得无力，将她击溃。她后退了一步。

"或许你是在和某个人上床。反正一个不行，总会有另一个，不是吗？谁都可以。"

他走近她。娜塔退到桌边。她想挣脱，想往后退，但他拽住了她的胳膊。

"过来，"他低声说，"你不想和我上床吗？"

娜塔想尖叫，但却被吓得无法出声。还没等她叫出来，他用一只手捂住她的嘴巴，另一只手更紧地扣住她的手臂。他把她的头拉起来，在她耳边说道：

"别喊了。不会有人来帮你的。"

她试图挣脱，拼尽全力推他，但房东的力气之大出人意料，他将她摁住，紧紧地压着她，他的身体灼热，汗水淋漓，又硬又臭，他把她压在墙上，扭着她的胳膊，让她闭嘴，威胁说如果她再不听话，他就要把她绑起来，堵住她的嘴。

"来吧，"他说，"别这么狭隘。你和德国人上过床，和嬉皮士、和你的小邻居也上过床，甚至还可能和你去打扫房子的那家的老人上过床，难道我就不配吗？"

他把她按在墙上，然后抓住她的头发，将她的头往后拽。她痛苦万分，感觉到被拉拽时发出的声音，他流在她脖子上、乳房上的口水，他压制她时发出的咕噜声。她尖叫起来，但因为嘴巴被捂住，她发出的声音听起来不像是求救声：被闷住的叫声听起来不像是人的声音，而像一只鸟在被杀前发出的叫声。他更加用力地贴上去，用体重压制她，然后突然抽身，朝一边吐了口唾沫，大声笑了起来。

"你运气不错，姑娘。我突然没兴致了。"

娜塔强忍住呕吐的冲动。她终于尖叫起来，大声叫喊着说自己要报警，说她要告发他，要立刻让所有人都知道这件事。

"哦，是吗？也告诉你的邻居们吗？你以为他们会为你说话吗？你觉得我为什么会在这里？"

娜塔痛苦而茫然，她一边哭，一边揉着脖子和受伤的手臂，命令他离开。

"我当然要走。你不会真以为我要强奸你吧？"

他接着告诉她，她让他恶心。任何一个女人都比她强。山羊、母牛都比她强。他说她长着一对扁平的胸部和一张豆子一样的脸，却自命清高。她要是敢告发他，那就去吧。她没有证据，没人会相信她的。如果她举报了他，她的邻居们就会对她做同样的事。还是说她以为狗的事情已经结束了？只要他们想，那这件事就没过去。她自己看着办吧。别一天天地怨天尤人。

他把中指和食指并拢伸直，用两根手指拂过桌子边缘，同时紧盯着她的眼睛。即使他后来走到外面，发动吉普车，甚至在一段时间之后，那种触感仍然在空气中盘旋、凝固。

娜塔没有报警。她没有给任何人打电话。她瘫坐在地板上，直接喝着皮特某天带给她的一瓶威士忌。她在茫然中寻求喘息。但她的发根仍然因为撕扯而疼痛，双手也因痉挛而颤抖。

她醒来时，头痛欲裂，仿佛头部遭到了铁锤的重击。白天的阳光刺痛了她的双眸。她睡了多久？她用力地眨了眨眼睛，逐渐恢复了对房间、时间和她自身的感知。她跟跄着起身，被家具绊得跌跌撞撞。从外界审视自身，在那

176

虚假的平静中，就像有人在对她进行拍摄，在那个虚构的世界里——那个用塑料、纸糊装饰的世界里，她是一个演员，一个擅闯者，一个最微不足道的角色。她急切地喝水，却无法解渴。她大声说话，想克服声音嘶哑，却咳嗽起来。她的喉咙灼痛。天气好冷。

她穿上外套走了出去。太阳已经高高挂起，但并不暖和。又一个布景，她想。一个画出来的劣质太阳。天空在厄尔格劳科的轮廓上方收紧，道路在她面前延伸，指引着她必须走的方向。

安德烈亚斯的面包车不在原地，但这次娜塔不再满足于仅在远处观望。她走过去，坐在门边。她在地上一坐就是几个小时，完全不在乎别人会不会看到她，会怎么议论她、编派她，也不在乎受到的指责和控告，更丝毫不在乎自己的尊严——或者她过去称之为尊严，而现在只是一个空洞的词的东西。她就在灌木丛中小便。她裹着大衣，尽量躺下，有时还会打瞌睡。

她在那里度过了一整天。

夜幕降临之际，发动机的轰鸣声把她从瞌睡中惊醒。她先辨认出那辆面包车，然后才认出正在下车的安德烈亚斯。她站起来，整理了一下头发。他一言不发地看着她，冷硬的态度显露无遗。她很难认出他来。他的眼睛和身形以前是这样的吗？他之前是不是更高些，或者更矮些？是这样驼背、这样瘦吗？她向他走近，把手掌轻放在他的胸膛上，没有用力，只是触摸、确认。在衣物之下，安德烈亚斯的皮肤传来柔和的温度，真实，不容置疑。可即使是这样的温度，也无法让她远离舞台，远离那种不真实的感觉。

"你来这里干什么？"

"我不知道。"

她真的不知道。

他好奇地打量她，目光停留在她伤痕累累的脖子上。也许他察觉出了什么。

"你看起来很糟糕。"他说，"来吧，进来。"

屋子里还残留着柴火的温暖和气味。娜塔坐在沙发上，环顾四周，眼前仍是一片昏暗，她感到熟悉又陌生，陷入一片混乱之中。李发出呼噜呼噜的声音，走上前来，在她腿上蹭来蹭去。现在他们都很困惑：娜塔不知道下一步该做什么，而安德烈亚斯显然希望她能说些什么或者做些什么，不然她为什么要到那里去？

但是娜塔显然没有话要对他说。他从口袋里掏出一包烟，点上一支，默默地抽烟时，她就专注地盯着他，仿佛在看一个陌生人。这个男人是谁？她在他家门口等了这么多个小时是为了什么？既然现在有一种令人身心麻痹的冷意向她侵袭，那这有什么意义呢？

数月以前，他要求在她身体里待一会儿。现在，似乎是她在请求他这样做，尽管是以另一种方式。她眼前的这个男人曾经点燃了她心中的某种东西，某种巨大而未知的、迷宫般的、无穷无尽的东西，但她什么都感觉不到了。安德烈亚斯的眼睛里曾经闪烁着一种信息，她认为那是通往一种别人无法获得的力量或知识的通道。但这已经消失了。

也许从前是她自私自利，想要得到更多不属于自己的东西。也许她以前的确是个忘恩负义的人。她曾经触碰到上帝，但即便如此，她仍然不知足。

安德烈亚斯打破了沉默。他非常平静，情绪毫无波澜。他知道最近发生在她身上的所有事情。所有？娜塔问他。是的，所有。但他向她保证，她很快就会释怀的。她不应该被别人的议论所困扰。在他的话中，娜塔感受到了距离的分量。

"你知道吗？我前阵子去了卡德纳斯。每条街上都有荷枪实弹的警察。到处都被封锁，还有直升机在盘旋。他们在等着某个重要人物的到来，我猜是首相或国家元首之类的，来参加一个国际峰会，不知道是关于什么的。我没听到消息，就尽快离开了。太可怕了。"

娜塔没有反应。她不明白安德烈亚斯在说什么。他是什么意思？他是在安慰她，还是在提醒她有危险？他是不是话里有话？还是说，他只是想分散她的注意力？那听起来很不真实，好像有另一个人在替他说话，或者是通过他的嘴说话。

事实上，那听起来有些荒唐、粗俗和无礼，就像她对他的第一印象一样，从远处看他时，他只是风景中的一片，仅此而已。德国人是个普通人，和其他人一样。她想，是她坚持要翻译他，要把他带到自己的世界。多么荒谬的奢望啊，她想。如果不荒谬，那甚至会挺有趣的。

"你在笑什么？"他讶异地问，"没人能理解你。"

她一度考虑留下，但也有离开的冲动。她不需要反驳什么。她不想和人辩驳，也不想出风头。但她想完成那些已经开始却半途中断的工作，而不是选择放弃。比如说，剧本的翻译和其他的事情。

最后，她决定搬到附近的另一个小镇。她租了一个很旧的房子，租金比拉埃斯卡帕的房东收的要低。她拖地，擦洗厨房的炉灶，扫地，耙地，给旧木头上漆，用刮刀打磨瓷砖，修剪枯枝：在一个新的地方重复做这些事情对她而言不是停滞，而是进步。皮特隔三岔五地来看望她，给她带礼物，比刚开始时对她更加殷勤。他的关注对她来说不再是困扰。她想，他们两人比她以前以为的更为相似。至少，皮特会说话。

她感觉自己变得坚不可摧，他人的评判对她来说毫无影响，但她之所以有这种免疫力，是因为她已经离开了所处的时间，就像在攀爬无尽的阶梯时，她从断裂的台阶跌落，坠入虚空之中，而其他人却没有发现她的消失，继续向上攀登。

每当想起安德烈亚斯，她的内心仍有什么在翻腾，就像宿醉一样。她时常闭上双眼，重温他的手在她身体两侧游走的画面，试图牢牢抓住它。他的手指第一次触碰她腰部的触感。身上穿着的短袖衫更加突出了其余裸露的部分。在黑暗中，他们身体的画面更加凸显。雨滴猛烈地敲击在金属板上又反弹。她想，一个瞬间——比如那个瞬间——就足以证明整个人生；有些人甚至连那个瞬间都没有。但是其他记忆已经失去了意义。她将它们一个接一个地丢弃，直到只剩下第一天的记忆。

她的记忆不断衰退，现在已经缩小到可以装进一个拳头里。有人说，爱情的残留不值得永恒。

有一天，她开车回到拉埃斯卡帕，前往厄尔格劳科爬山。她把车停在安德烈亚斯和她一起去时停车的观景台，选择的路线也和当时的一模一样，但她这么做不是为了找回当初的感觉，恰恰相反，她是为了抹去过去的感觉，用新的感受覆盖它们。

她坐在一块岩石上，欣赏着被云雾笼罩的朦胧风景，色彩消退，相互交织。她慢慢地呼吸。冰冷的空气吸入鼻腔，刺激得鼻头微微泛红。她无意中完成了一场内心的告别。

她的手一阵发痒，是一只蚂蚁。她发现一排蚂蚁沿着她坐的岩石前进，这是一支纪律严明的队伍，除了那只爬到她手上的蚂蚁：它是一只不听话的蚂蚁，具有反抗精神。

她仔细观察着蚁群，发现自己很难将从山顶俯瞰的广阔景色和这个狭小的宇宙协调起来：大宇宙和小宇宙并存在同一个精神层面上。

她达到了某种形式的平静，获得了一种启示。然后突然间，连她过去犯下的偷窃罪都变得有意义了。现在她能读懂它了。

她明白了，目标不是通过刻意追逐达到的，而是在不经意间，通过摇摆和迂回的方式达到的，几乎靠碰运气。

她清楚地看到，一切都通向那一刻。甚至那些看似没有目的的事情也是如此。

（京权）图字：01-2024-3492

图书在版编目（CIP）数据

一种爱 / （西班牙）萨拉·梅萨著；徐绮诗译． -- 北京：
作家出版社，2024.11. -- ISBN 978 - 7 - 5212 - 2991 - 2

Ⅰ. I551.45

中国国家版本馆 CIP 数据核字第 2024N4N516 号

UN AMOR © Sara Mesa，2020
Originally published by Editorial Anagrama S.A.
c/o Indent Literary Agency
Simplified Chinese Edition Copyright:
2024 THE WRITERS PUBLISHING HOUSE CO.,LTD.
All rights reserved.

一种爱

作　　者：（西班牙）萨拉·梅萨
译　　者：徐绮诗
责任编辑：赵　超
封面设计：吴元瑛
出版发行：作家出版社有限公司
社　　址：北京农展馆南里 10 号　　　邮　　编：100125
电话传真：86 - 10 - 65067186（发行中心）
　　　　　86 - 10 - 65004079（总编室）
E - mail: zuojia@zuojia. net. cn
http: // www. zuojiachubanshe. com
印　　刷：河北京平诚乾印刷有限公司
成品尺寸：130 × 185
字　　数：96 千
印　　张：5.875
版　　次：2024 年 11 月第 1 版
印　　次：2024 年 11 月第 1 次印刷
ISBN　978 - 7 - 5212 - 2991 - 2
定　　价：58.00 元